L'ABEILLE

POÉTIQUE

DE LA JEUNESSE.

L'ABEILLE
POÉTIQUE
DE LA JEUNESSE,
CHOIX
DES SUJETS LES PLUS REMARQUABLES
DE LA POÉSIE FRANÇAISE
ANCIENNE ET CONTEMPORAINE,

SOUS LE RAPPORT LITTÉRAIRE, MORAL ET RELIGIEUX,

A L'USAGE DE TOUS LES ÉTABLISSEMENS

POUR L'ÉDUCATION DE LA JEUNESSE DES DEUX SEXES.

PAR A. M. Q**.

Ma douce muse est innocente et belle.
V. Hugo.

BESANÇON.
CH. DEIS, IMPRIMEUR-ÉDITEUR,
GRANDE-RUE, N° 40.

M. DCCC XXXVI.

PRÉFACE.

En publiant ce nouveau choix de poésies classi- ques, nous croyons satisfaire à une exigence réelle de l'époque ; il n'y a personne d'un peu versé dans la littérature actuelle, qui ne convienne avec nous que toutes les compilations existantes à cet égard sont loin d'atteindre le but qu'elles paraissent indiquer. L'absence d'ordre dans la classification des matiè- res autant que la négligence morale qui se font remarquer dans leur rédaction, les rendent impuis- santes à développer les semences d'intelligence et de vertu qui reposent dans les nobles cœurs de la génération qui se prépare.

Notre intention, en parlant ainsi, n'est point de déprécier nos devanciers ; nous rendons justice à leurs intentions, mais ils ne nous contesteront pas que de nos jours la méthode ait notablement étendu son empire, et que la pureté dans les pen- sées que l'on veut inculquer à la jeunesse, ne soit d'une importance excessive.

D'autre part, nous ferons observer à nos lecteurs

I

que la littérature s'est considérablement enrichie depuis quelques années, particulièrement dans le domaine de la poésie ; et que, sous ce rapport, les derniers venus ont toujours un avantage évident sur ceux qui les ont précédés.

Nous bornant à ces considérations, nous laissons le public juge de la bonne foi comme du zèle qui ont présidé au travail que nous lui présentons.

L'ABEILLE POÉTIQUE

DE LA JEUNESSE.

LA FLEUR.

FLEUR mourante et solitaire,
Qui fus l'honneur du vallon,
Tes débris jonchent la terre,
Dispersés par l'aquilon.
La même faux nous moissonne,
Nous cédons au même dieu :
Une feuille t'abandonne,
Un plaisir nous dit adieu.
L'homme, perdant sa chimère,
Se demande avec douleur
Quelle est la plus éphémère
De la vie ou de la fleur.

(ANONYME.)

LA FEUILLE.

De ta tige détachée,
Pauvre feuille desséchée,
Où vas-tu? —Je n'en sais rien :
L'orage a brisé le chêne
Qui seul était mon soutien.

De son inconstante haleine,
Le zéphir ou l'aquilon
Depuis ce jour me promène
De la forêt à la plaine,
De la montagne au vallon.
Je vais où le vent me mène,
Sans me plaindre ou m'effrayer ;
Je vais où va toute chose,
Où va la feuille de rose
Et la feuille de laurier.

(ARNAUD.)

LE CHIEN ET LE CHAT.

PATAUD jouait avec Raton,
Mais sans gronder, sans mordre, en camarade, en frère.
Les chiens sont bonnes gens, mais les chats, nous dit-on,
    Sont justement tout le contraire.
    Aussi, bien qu'il jurât toujours
    D'avoir fait patte de velours,
Raton, et ce n'est pas une histoire apocryphe,
Dans la peau d'un ami, comme fait maint plaisant,
    Enfonçait, tout en s'amusant,
    Tantôt la dent, tantôt la griffe.
    Pareil jeu dut cesser bientôt.
    Eh quoi! Pataud, tu fais la mine!
    Ne suis-je pas ton bon ami?
—Prends un nom qui convienne à ton humeur maligne,
    Raton, ne sois rien à demi.
    J'aime mieux un franc ennemi,
    Qu'un bon ami qui m'égratigne.

(ARNAUD.)

FANFAN ET COLAS.

FANFAN, gras et vermeil, et marchant sans lisière,
 Voyait son troisième printemps.
D'un si beau nourrisson Pérette toute fière,
S'en allait à Paris le rendre à ses parens.
  Pérette avait sur sa bourrique,
 Dans deux paniers, mis Colas et Fanfan.
De la riche Chloé celui-ci fils unique,
Allait changer d'état, de nom, d'habillement.
  Et peut-être de caractère;
  Colas, lui, n'était que Colas,
 Fils de Pérette et de son mari Pierre :
Il aimait tant Fanfan qu'il ne le quittait pas;
  Fanfan le chérissait de même.
Ils arrivent : Chloé prend son fils dans ses bras;
  Son étonnement est extrême,
Tant il lui paraît fort, bien nourri, gros et gras.
Pérette de ses soins est largement payée.
  Voilà Pérette renvoyée;
 Voilà Colas que Fanfan voit partir.
 Trio de pleurs : Fanfan se désespère;
  Il aimait Colas comme un frère :
Sans Pérette et sans lui que va-t-il devenir?
Il fallut se quitter. On dit à la nourrice :
Quand de votre hameau vous viendrez à Paris,
 N'oubliez pas d'amener votre fils;
Entendez-vous, Pérette? On lui rendra service.
Pérette, le cœur gros, mais plein d'un doux espoir,
De son Colas déjà croit la fortune faite.

        I.

De Fanfan cependant Chloé fait la toilette :
Le voilà décrassé, beau, blanc, il fallait voir !
    Habit doré, toquet d'or, riche aigrette ;
On dit que le fripon, se voyant au miroir,
      Oublia Colas et Pérette.
Je voudrais à Fanfan porter cette galette,
Dit la nourrice un jour ; Pierre, qu'en penses-tu ?
Voilà bientôt six mois que nous ne l'avons vu.
    Pierre y consent ; Colas est du voyage.
   Fanfan trouva (l'orgueil est de tout âge)
    Pour son ami Colas trop mal vêtu ;
    Sans la galette, il l'aurait méconnu.
Pérette accompagna ce gâteau d'un fromage,
De fruits et de raisins, doux trésors de Bacchus.
     Les présens furent bien reçus.
Ce fut tout ; et, tandis qu'elle n'est occupée
     Qu'à faire éclater son amour,
     Le marmot, lui, bat du tambour,
Traîne son chariot, fait danser sa poupée.
Quand il a bien joué, Colas dit : C'est mon tour.
     Mais Fanfan n'était plus son frère ;
     Fanfan le trouva téméraire ;
Fanfan le repoussa d'un air fier et mutin.
    Pérette alors prend Colas par la main :
     Viens, lui dit-elle avec tristesse,
    Voilà Fanfan devenu grand seigneur ;
     Viens, mon fils ; tu n'as plus son cœur :
L'amitié disparaît où l'égalité cesse.

               (AUBERT.)

L'AVEUGLE ET LE PARALYTIQUE.

AIDONS-NOUS mutuellement,
La charge des malheurs en sera plus légère ;
Le bien que l'on fait à son frère
Pour le mal que l'on souffre est un soulagement :
Confucius l'a dit : suivons tous sa doctrine.
Pour la persuader aux peuples de la Chine,
Il leur contait le trait suivant :
Dans une ville de l'Asie
Il existait deux malheureux,
L'un perclus, l'autre aveugle, et pauvres tous les deux.
Ils demandaient au Ciel de terminer leur vie ;
Mais leurs vœux étaient superflus :
Ils ne pouvaient mourir. Notre paralytique,
Couché sur un grabat dans la place publique,
Souffrait sans être plaint ; il en souffrait bien plus.
L'aveugle, à qui tout pouvait nuire,
Etait sans guide, sans soutien,
Sans avoir même un pauvre chien
Pour l'aimer et pour le conduire.
Un certain jour il arriva
Que l'aveugle à tâtons, au détour d'une rue,
Près du malade se trouva ;
Il entendit ses cris, son âme en fut émue.
Il n'est tel que les malheureux
Pour se plaindre les uns les autres.
J'ai mes maux, lui dit-il, et vous avez les vôtres ;
Unissons-les, mon frère, ils seront moins affreux.
— Hélas ! dit le perclus, vous ignorez, mon frère,

Que je ne puis faire un seul pas ;
Vous-même vous n'y voyez pas :
A quoi nous servirait d'unir notre misère?
— A quoi! répond l'aveugle ; écoutez : à nous deux
Nous possédons le bien à chacun nécessaire ;
J'ai des jambes, et vous des yeux ;
Moi, je vais vous porter, vous, vous serez mon guide ;
Vos yeux dirigeront mes pas mal assurés ;
Mes jambes, à leur tour, iront où vous voudrez.
Ainsi, sans que jamais notre amitié décide,
Qui de nous deux remplit le plus utile emploi,
Je marcherai pour vous, vous y verrez pour moi.

(FLORIAN.)

LE CHÊNE ET LE ROSEAU.

Le chêne un jour dit au roseau :
Vous avez bien sujet d'accuser la nature ;
Un roitelet pour vous est un pesant fardeau ;
Le moindre vent, qui d'aventure
Fait rider la face de l'eau,
Vous oblige à baisser la tête;
Cependant que mon front au Caucase pareil,
Non content d'arrêter les rayons du soleil,
Brave l'effort de la tempête.
Tout vous est aquilon, tout me semble zéphyr.
Encor si vous naissiez à l'abri du feuillage
Dont je couvre le voisinage,
Vous n'auriez pas tant à souffrir ;
Je vous défendrais de l'orage :
Mais vous naissez le plus souvent

Sur les humides bords.des royaumes du vent.
La nature envers vous me semble bien injuste.
— Votre compassion, lui répondit l'arbuste,
Part d'un bon naturel : mais quittez ce souci ;
   Les vents me sont moins qu'à vous redoutables ;
Je plie et ne romps pas. Vous avez jusqu'ici
     Contre leurs coups épouvantables
     Résisté sans courber le dos :
Mais attendons la fin. Comme il disait ces mots,
Du bout de l'horizon accourt avec furie
     Le plus terrible des enfans
Que le nord eût porté jusque-là dans ses flancs.
     L'arbre tient bon ; le roseau plie.
     Le vent redouble ses efforts,
     Et fait si bien qu'il déracine
Celui de qui la tête au ciel était voisine,
Et dont les pieds touchaient à l'empire des morts.

               (LA FONTAINE.)

LES ANIMAUX MALADES DE LA PESTE.

     Un mal qui répand la terreur,
     Mal que le Ciel en sa fureur
Inventa pour punir les crimes de la terre,
La peste (puisqu'il faut l'appeler par son nom),
Capable d'enrichir en un jour l'Achéron,
     Faisait aux animaux la guerre.
Ils ne mouraient pas tous, mais tous étaient frappés :
     On n'en voyait point d'occupés
A chercher le soutien d'une mourante vie :
     Nul mets n'excitait leur envie ;

Ni loups ni renards n'épiaient
La douce et l'innocente proie :
Les tourterelles se fuyaient ;
Plus d'amour, partant plus de joie.
Le lion tint conseil, et dit : Mes chers amis,
Je crois que le Ciel a permis
Pour nos péchés cette infortune :
Que le plus coupable de nous
Se sacrifie aux traits du céleste courroux ;
Peut-être il obtiendra la guérison commune.
L'histoire nous apprend qu'en de tels accidens
On fait de pareils dévoûmens.
Ne nous flattons donc point, voyons sans indulgence
L'état de notre conscience.
Pour moi, satisfaisant mes appétits gloutons,
J'ai dévoré force moutons.
Que m'avaient-ils fait ? nulle offense.
Même il m'est arrivé quelquefois de manger
Le berger.
Je me dévoûrai donc, s'il le faut ; mais je pense
Qu'il est bon que chacun s'accuse ainsi que moi :
Car on doit souhaiter, selon toute justice,
Que le plus coupable périsse.
Sire, dit le renard, vous êtes trop bon roi ;
Vos scrupules font voir trop de délicatesse.
Hé bien ! manger moutons, canaille, sotte espèce,
Est-ce un péché ? non, non ; vous leur fîtes, seigneur,
En les croquant, beaucoup d'honneur.
Et quant au berger, l'on peut dire
Qu'il était digne de tous maux,
Etant de ces gens-là qui sur les animaux

Sé font un chimérique empire.
Ainsi dit le renard ; et flatteurs d'applaudir.
On n'osa trop approfondir
Du tigre, ni de l'ours, ni des autres puissances
Les moins pardonnables offenses :
Tous les gens querelleurs, jusqu'aux simples mâtins,
Au dire de chacun, étaient de petits saints.
L'âne vint à son tour, et dit : J'ai souvenance
Qu'en un pré de moines passant,
La faim, l'occasion, l'herbe tendre, et, je pense,
Quelque diable aussi me poussant,
Je tondis de ce pré la largeur de ma langue.
Je n'en avais nul droit, puisqu'il faut parler net.
A ces mots on cria haro sur le baudet.
Un loup, quelque peu clerc, prouva par sa harangue
Qu'il fallait dévouer ce maudit animal,
Ce pelé, ce galeux, d'où venait tout leur mal.
Sa pécadille fut jugée un cas pendable.
Manger l'herbe d'autrui ! quel crime abominable !
Rien que la mort n'était capable
D'expier son forfait. On le lui fit bien voir.

Selon que vous serez puissant ou misérable,
Les jugemens de cour vous rendront blanc ou noir.

(LA FONTAINE.)

UNE PROMENADE DE FÉNÉLON.

PARLER de Fénélon, c'est un titre pour plaire.
Trop heureux si mes vers emportent ce salaire,

Si de ce nom chéri le puissant intérêt,
Me fait obtenir grâce et vaincre mon sujet.

Le sujet, je l'avoue, est un rien, peu de chose,
Un fait que j'aurais peine à bien conter en prose,
Tant l'histoire en est simple; et je l'essaie en vers.
Hélas ! par ce récit, un ami des plus chers
Me fit, il m'en souvient, verser de douces larmes;
Aura-t-il dans ma bouche aujourd'hui mêmes charmes ?
Il n'y faut pas compter ; mais , encore une fois,
Sur tous les tendres cœurs Fénélon a des droits.

Victime de l'intrigue et de la calomnie ,
Et par un noble exil expiant son génie ,
Fénélon, dans Cambrai, regrettant peu la cour,
Répandait les bienfaits et recueillait l'amour,
Instruisait, consolait, donnait à tous l'exemple.
Son peuple, pour l'entendre, accourait dans le temple.
Il parlait et les cœurs s'ouvraient tous à sa voix.
Quand du saint ministère ayant porté le poids,
Il cherchait vers le soir le repos, la retraite,
Alors aux champs aimés du sage et du poète,
Solitaire et rêveur il allait s'égarer ;
De quel charme à leur vue il se sent pénétrer !
Il médite, il compose et son âme l'inspire ;
Jamais un vain orgueil ne le presse d'écrire ;
Sa gloire est d'être utile : heureux quand il a pu
Montrer la vérité, faire aimer la vertu.

Ses regards, animés d'une flamme céleste,
Relèvent de ses traits la majesté modeste ;

Sa taille est haute et noble ; un bâton à la main,
Seul, sans faste et sans crainte, il poursuit son chemin,
Contemple la nature et jouit de Dieu même;
Il visite souvent le villageois qu'il aime;
Et chez ces bonnes gens, de le voir tout joyeux,
Vient sans être attendu, s'assied au milieu d'eux,
Ecoute le récit des peines qu'il soulage;
Joue avec les enfans et goûte le laitage.

Un jour, loin de la ville, ayant long-temps erré,
Il arrive aux confins d'un hameau retiré;
Et, sous un toit de chaume, indigente demeure,
La pitié le conduit; une famille y pleure;
Il entre, et sur-le-champ, faisant place au respect,
La douleur, un moment, se tait à son aspect :
O ciel! c'est monseigneur! On se lève, on s'empresse;
Il voit avec plaisir éclater leur tendresse.
Qu'avez-vous, mes enfans? D'où naît votre chagrin?
Ne puis-je le calmer? Versez-le dans mon sein;
Je n'abuserai point de votre confiance.
On s'enhardit alors, et la mère commence :

Pardonnez, monseigneur, mais vous n'y pouvez rien;
Ce que nous regrettons, c'était tout notre bien :
Nous n'avions qu'une vache!... Hélas! elle est perdue;
Depuis trois jours entiers nous ne l'avons point vue!
Notre pauvre Brunon!... nous l'attendons en vain!
Les loups l'auront mangée et nous mourrons de faim.
Peut-il être un malheur au nôtre comparable?
— Ce malheur, mes amis, est-il irréparable?
Dit le prélat; et moi, ne puis-je vous offrir,

2

Touché de vos regrets, de quoi les adoucir?
En place de Brunon si j'en trouvais une autre?
— L'aimerions-nous autant que nous aimions la nôtre?
Pour oublier Brunon, il faudra bien du temps!
Eh! comment l'oublier? ni nous, ni nos enfans,
Nous ne serons ingrats!.... c'était notre nourrice!
Nous l'avions achetée étant encor génisse!
Accoutumée à nous, elle nous entendait;
Et, même à sa manière, elle nous répondait;
Son poil était si beau! d'une couleur si noire!
Trois marques seulement, plus blanches que l'ivoire,
Ornaient son large front et ses pieds de devant.
Avec mon petit Claude elle jouait souvent;
Il montait sur son dos, elle le laissait faire.
Je riais; à présent nous pleurons, au contraire.
Non, monseigneur, jamais, il n'y faut plus penser,
Une autre ne pourra chez nous la remplacer.
Fénélon écoutait cette plainte naïve;
Mais pendant l'entretien, soudain le soir arrive.
Quand on est occupé de sujets importans,
On ne s'aperçoit pas de la fuite du temps.
Il promet, en partant, de revoir la famille.
Ah! monseigneur, lui dit la plus petite fille,
Si vous vouliez pour nous la demander à Dieu,
Nous la retrouverions. — Ne pleurez pas, adieu.
Il reprend son chemin, il reprend ses pensées,
Achève en son esprit des pages commencées.
Il marche; mais déjà l'ombre croît, le jour fuit;
Ce reste de clarté qui devance la nuit
Guide encore ses pas à travers les prairies,
Et le calme du soir nourrit ses rêveries;

Tout à coup à ses yeux un objet s'est montré :
Il regarde... il croit voir... il distingue en un pré,
Seule, errante et sans guide, une vache : c'est elle
Dont on lui fit tantôt un portrait si fidèle ;
Il ne peut s'y tromper ! Et soudain empressé,
Il court dans l'herbe humide, il franchit un fossé,
Arrive haletant : et Brunon complaisante,
Loin de le fuir, vers lui s'avance et se présente.
Lui-même satisfait la flatte de la main.
Mais que faire ? Va-t-il poursuivre son chemin ?
Retourner sur ses pas, ou regagner la ville ?
Déjà pour revenir il a fait plus d'un mille.
Ils l'auront dès ce soir, dit-il, et par mes soins,
Elle leur coûtera quelques larmes de moins.
Il saisit à ces mots la corde qu'elle traîne ;
Et, marchant lentement, derrière lui l'emmène.
Venez, mortels si fiers d'un vain, d'un faux éclat,
Voyez en ce moment ce digne et saint prélat,
Que son nom, son génie et son titre décore,
Mais que tant de bonté relève plus encore :
Ce qui fait votre orgueil vaut-il un trait si beau ?

Le voilà fatigué, de retour au hameau ;
Hélas ! à la clarté d'une faible lumière,
On veille, on pleure encor dans la triste chaumière ;
Il arrive à la porte : Ouvrez-moi, mes enfans,
Ouvrez-moi, c'est Brunon, Brunon que je vous rends.
On accourt ; ô surprise ! ô joie ! ô doux spectacle !
La fille croit que Dieu fait pour eux ce miracle.
—Ce n'est point monseigneur, c'est un ange des Cieux,
Qui, sous ses traits chéris, se présente à nos yeux !

Pour nous faire plaisir il a pris sa figure,
Aussi n'ai-je pas peur, oh! non, je vous assure;
Bon ange!.... En ce moment, de leurs larmes noyés,
Père, mère, enfans, tous sont tombés à ses piés.
— Levez-vous, mes amis; mais quelle erreur étrange!
Je suis votre archevêque, et ne suis point un ange;
J'ai retrouvé Brunon, et pour vous consoler,
Je revenais vers vous; que n'ai-je pu voler!
Reprenez-la, je suis heureux de vous la rendre.
— Quoi! tant de peine! ô ciel! vous avez pu la prendre,
Et vous-même! Il reçoit leurs respects, leur amour;
Mais il faut bien aussi que Brunon ait son tour.
On lui parle: c'est donc ainsi que tu nous laisses!
Mais te voilà! Je donne à penser les caresses!
Brunon paraît sensible à l'accueil qu'on lui fait.
Tel au retour d'Ulysse, Argus le reconnaît.
— Il faut, dit Fénélon, que je reparte encore,
A peine dans Cambrai serai-je avant l'aurore;
Je crains d'inquiéter mes amis, ma maison.
— Oui, dit le villageois, oui, vous avez raison;
On pleurerait ailleurs quand vous séchez nos larmes!
Vous êtes tant aimé! prévenez leurs alarmes!
Mais comment retourner? car vous êtes bien las!
Monseigneur, permettez.... nous vous offrons nos bras;
Oui, sans vous fatiguer, vous ferez le voyage.
D'un peuplier voisin on abat le branchage;
Mais le bruit au hameau s'est déjà répandu:
Monseigneur est ici! Chacun est accouru,
Chacun veut le servir: de bois et de ramée
Une civière agreste est aussitôt formée,
Qu'on tapisse partout de fleurs, d'herbages frais.

Des branches au-dessus s'arrondissent en dais.
Le bon prélat s'y place, et mille cris de joie
Volent au loin, l'écho les double et les renvoie.
Il part ; tout le hameau l'environne et le suit !
La clarté des flambeaux brille à travers la nuit :
Le cortége bruyant, qu'égaie un chant rustique,
Marche.... Honneurs inconnus, et gloire pacifique !
Ainsi par leur amour Fénélon escorté,
Jusque dans son palais en triomphe est porté.

(Andrieux.)

LE PETIT MENTEUR.

Venez bien près, plus près, qu'on ne puisse m'entendre ;
Un bruit vole sur vous ; mais qu'il est peu flatteur !
Votre mère en est triste ; elle vous est si tendre !
On dit, mon cher amour, que vous êtes menteur.

Au lieu d'apprendre en paix la leçon qu'on vous donne,
Vous faites le plaintif, vous traînez votre voix ;
Et vous criez très haut : Hé ! ma bonne ! ma bonne !...
L'écho, qui me dit tout, m'en a parlé deux fois.
Vous avez effrayé cette bonne attentive ;
        Et, pour vous secourir,
Près de vous, toute pâle, on l'a vue accourir.
Hélas ! vous avez ri de sa bonté craintive !
Enfant, vous avez ri ! Quelle douleur pour nous !
On ne croira donc plus à vos jeunes alarmes ?
Si j'avais en ce tort, j'irais à deux genoux
Lui demander pardon d'avoir ri de ses larmes ;
J'irais,.... Ne pleurez pas ; causons avant d'agir ;

2.

Ecoutez une histoire, et jugez-la vous-même ;
Cachez-vous cependant sur ce cœur qui vous aime ;
   Je rougis de vous voir rougir.

Au loup ! au loup ! à moi ! criait un jeune pâtre,
Et les bergers entre eux suspendaient leurs discours.
Trompé par les clameurs du rustique folâtre,
Tout venait, jusqu'au chien, tout volait au secours.
Ayant de tant de cœurs éveillé le courage,
Tirant l'un du sommeil et l'autre de l'ouvrage,
Il se mettait à rire, il se croyait bien fin.

Je suis loup, disait-il. Mais attendez la fin.
Un jour que les bergers, au fond d'une vallée,
Appelant la gaîté sur leurs aigres pipeaux,
Confondaient leurs repas, leurs chansons, leurs troupeaux,
Et de leurs pieds, joyeux, pressaient l'herbe foulée :
Au loup ! au loup ! à moi ! dit le jeune garçon.
Au loup, répéta-t-il d'une voix lamentable.
Pas un n'abandonna la danse ni la table :
Il est loup, dirent-ils ; à d'autres la leçon.
Et toutefois le loup dévorait la plus belle
     De ses belles brebis ;
Et pour punir l'enfant qu'il traitait de rebelle,
Il lui montrait les dents, et rompait ses habits.
Et le pauvre menteur, élevant ses prières,
N'attristait que l'écho ; ses cris n'amenaient rien.
Tout riait, tout dansait au loin sur les bruyères.
Eh quoi ! pas un ami, dit-il, pas même un chien !
On ajoute, et vraiment c'est pitié de le croire,
Qu'il serrait la brebis dans ses deux bras tremblans ;

Et quand il vint en pleurs raconter son histoire,
On vit que ses deux bras étaient nus et sanglans.
Il ne ment pas, dit-on; il tremble! il saigne! il pleure!
Quoi! c'est donc vrai, Colas? Il s'appelait Colas.
    Nous avons bien ri tout à l'heure;
Et la brebis est morte! — Elle est mangée... hélas!
On le plaignit. Un rustre, insensible à ses larmes,
Lui dit: Tu fus menteur, tu trompas notre effroi:
Or, s'il m'avait trompé, le menteur, fût-il roi,
    Me crîrait vainement: Aux armes!

Et vous n'êtes pas roi, mon ange, et vous mentez!
Ici, pas un flatteur dont la voix vous abuse;
    Vous n'avez point d'excuse,
Quand vous aurez perdu tous les cœurs révoltés,
Vous ne direz qu'à moi votre souffrance amère,
    Car on ne ment pas à sa mère;
Tout s'enfuira de vous, j'en pleurerai tout bas:
Vous n'aurez plus d'amis, je n'aurai plus de joie.
Que ferons-nous alors? Oh! ne vous cachez pas!
Prenez un peu courage, enfant, que je vous voie;
Vous me touchez le cœur, j'y sens votre pardon.
Allez, petit chéri, ne trompez plus personne;
Soyez sage, aimez Dieu, je crois qu'il vous pardonne;
    Il est père, il est bon!

              (Mme DESBORDES-VALMORE.)

L'ÉCOLIER.

Un tout petit enfant s'en allait à l'école.
On avait dit: Allez!,... il tâchait d'obéir;

Mais son livre était lourd ! il ne pouvait courir.
Il pleure, et suit de loin une abeille qui vole.

Abeille, lui dit-il, voulez-vous me parler ?
Moi, je vais à l'école : il faut apprendre à lire ;
Mais le maître est tout noir, et je n'ose pas rire !
Voulez-vous rire, abeille, et m'apprendre à voler ?
— Non, dit-elle, j'arrive et je suis très pressée.
J'avais froid : l'aquilon m'a long-temps oppressée.
Enfin, j'ai vu les fleurs, je redescends du ciel,
Et je vais commencer mon doux rayon de miel.
Voyez ! j'en ai déjà puisé dans quatre roses ;
Avant une heure encor nous en aurons d'écloses.
Vite, vite à la ruche ! on ne rit pas toujours :
C'est pour faire le miel qu'on nous rend les beaux jours.

Elle fuit et se perd sur la route embaumée.
Le frais lilas sortait d'un vieux mur entr'ouvert ;
Il saluait l'aurore, et l'aurore charmée
Se montrait sans nuage, et riait de l'hiver.

Une hirondelle passe ; elle effleure la joue
Du petit nonchalant qui s'attriste et qui joue ;
Et dans l'air suspendue, en redoublant sa voix,
Fait tressaillir l'écho qui dort au fond des bois.

Oh ! bonjour, dit l'enfant, qui se souvenait d'elle ;
Je t'ai vue à l'automne. Oh ! bonjour, hirondelle ;
Viens ! tu portais bonheur à ma maison, et moi
Je voudrais du bonheur. Veux-tu m'en donner, toi ?
Jouons. — Je le voudrais, répond la voyageuse,
Car je respire à peine, et je me sens joyeuse.

Mais j'ai beaucoup d'amis qui doutent du printemps ;
Ils rêveraient ma mort si je tardais long-temps.
Non, je ne puis jouer. Pour finir leur souffrance,
J'emporte un brin de mousse en signe d'espérance.
Nous allons relever nos palais dégarnis :
L'herbe croît, c'est l'instant des amours et des nids.
J'ai tout vu. Maintenant, fidèle messagère,
Je vais chercher mes sœurs, là-bas sur le chemin.
Ainsi que nous, enfant, la vie est passagère ;
Il faut en profiter. Je me sauve.... à demain !

L'enfant reste muet ; et la tête baissée
Rêve et compte ses pas pour tromper son ennui,
Quand le livre importun, dont sa main est lassée,
Rompt ses fragiles nœuds, et tombe auprès de lui.

Un dogue l'observait du fond de sa demeure.
Stentor, gardien sévère et prudent à la fois,
De peur de l'effrayer retient sa grosse voix.
Hélas ! peut-on crier contre un enfant qui pleure ?
Bon dogue, voulez-vous que je m'approche un peu ?
Dit l'écolier plaintif. Je n'aime pas mon livre ;
Voyez ! ma main est rouge ; il en est cause. Au jeu
Rien ne fatigue, on rit ; et moi, je voudrais rire
Sans aller à l'école, où l'on tremble toujours.
Je m'en plains tous les soirs, et j'y vais tous les jours ;
J'en suis très mécontent. Je n'aime aucune affaire.
Le sort des chiens me plaît, car il n'ont rien à faire.

— Ecolier, voyez-vous le laboureur aux champs ?
Eh bien ! ce laboureur, dit Stentor, c'est mon maître.
Il est très vigilant ; je le suis plus peut-être.

Il dort la nuit, et moi j'écarte les méchans.
J'éveille aussi ce bœuf qui d'un pied lent, mais ferme,
Va creuser les sillons quand je garde la ferme.
Pour vous-même on travaille ; et, grâce à vos brebis,
Votre mère, en chantant, vous file des habits.
Par le travail tout plaît, tout s'unit, tout s'arrange.
Allez donc à l'école ; allez, mon petit ange !
Les chiens ne lisent pas, mais la chaîne est pour eux :
L'ignorance toujours mène à la servitude.
L'homme est fin, l'homme est sage, il nous défend l'étude ;
Enfant, vous serez homme, et vous serez heureux.
Les chiens vous serviront.

        L'enfant l'écouta dire,
Et même il le baisa ; son livre était moins lourd.
En quittant le bon dogue, il pense, il marche, il court :
L'espoir d'être homme un jour lui ramène un sourire.
A l'école, un peu tard, il arrive gaîment,
Et dans le mois des fruits il lisait couramment.
              (Mme DESBORDES-VALMORE.)

LE SACRIFICE DES PETITS ENFANS.

MYRTIL ET CHLOÉ.

Le tendre enfant Myrtil, au lever de l'aurore,
    Vit la plus jeune de ses sœurs
Tristement occupée à rassembler des fleurs.
En les réunissant, Chloé mêlait ses pleurs
Aux larmes du matin qui les baignaient encore.
Elle laissa couler deux ruisseaux de ses yeux,
    Sitôt qu'elle aperçut son frère.

CHLOÉ.

Hélas ! Myrtil , bientôt nous n'aurons plus de père !
 Que notre sort est douloureux !

MYRTIL.

Ah ! s'il allait mourir , ce père qui nous aime !
 Ma sœur, il est si vertueux !
 Il a tant d'amour pour les dieux !

CHLOÉ.

Oui , Myrtil , et les dieux devraient l'aimer de même.

MYRTIL.

Oh ! ma sœur, comme ici tout me paraît changer !
Comme tous les objets semblent dans la tristesse !
 En vain mon agneau me caresse ;
 Depuis cinq jours je le délaisse,
Et c'est une autre main qui lui donne à manger.
Vainement mon ramier s'approche de ma bouche ;
De mes plus belles fleurs je n'ai point de souci ;
Enfin , ce que j'aimais n'a plus rien qui me touche :
Mon père, si tu meurs, je veux mourir aussi !

CHLOÉ.

 Hélas ! il t'en souvient, mon frère !
 Cinq jours bien longs se sont passés
Depuis que, sur son sein nous tenant embrassés,
Il se mit à pleurer.

MYRTIL.

 Oui , Chloé. Ce bon père !
Comme il devint pâle et tremblant !

Mes enfans, disait-il, je suis bien chancelant :
Laissez-moi... Je succombe au mal qui me tourmente.
  Il se traîna jusqu'à son lit.
  Depuis ce temps il s'affaiblit,
  Et tous les jours son mal augmente.

CHLOÉ.

  Ecoute quel est mon dessein.
  Si tu me vois de grand matin
  Occupée à cette guirlande,
C'est qu'au dieu des bergers j'en veux faire une offrande.
  Notre mère nous dit toujours
Que les dieux sont clémens, qu'ils prêtent leur secours
  Aux simples vœux de l'innocence ;
Moi je veux du dieu Pan implorer la clémence :
Et vois-tu cet agneau, mon unique trésor ?
Eh bien ! je veux au dieu le présenter encor.

MYRTIL.

O ma sœur ! attends-moi, je n'ai qu'un pas à faire :
De mes fruits les plus beaux j'ai rempli mon panier ;
Je vais l'aller chercher ; et, pour sauver mon père,
  Je veux y joindre mon ramier.

Ces mots finis, il court, va saisir sa richesse,
Et sous un poids si doux il revole à l'instant :
  Il souriait en le portant,
Tour à tour agité d'espoir et de tristesse.
  Les voilà tous deux en chemin
  Pour arriver aux pieds de la statue.
Elle se présentait sur un coteau voisin

Que les pins ombrageaient de leur cime touffue.
Là, s'étant prosternés devant le dieu des champs,
Ils élèvent vers lui leurs timides accens :

CHLOÉ.

Daigne, ô dieu des bergers, agréer mon offrande,
Et laisse-toi toucher aux pleurs que je répands !
    Tu vois, je n'ai qu'une guirlande ;
    A tes genoux je la suspends :
J'en ornerais ton front si j'étais assez grande ;
O dieu, rends notre père à ses pauvres enfans !

MYRTIL.

Conserve ce bon père, ô dieu ! Sois-nous propice.
Voilà mes plus beaux fruits, que j'ai cueillis pour toi !
Si mon plus beau chevreau n'était plus fort que moi,
    J'en aurais fait le sacrifice.
Quand je serai plus grand j'en immolerai deux,
Si tu vois en pitié deux enfans malheureux.

CHLOÉ.

Nous partageons les maux que notre père endure.
Quel don peut te fléchir?... Tiens, voilà mon oiseau !
C'est pourtant tout mon bien, ô Pan ! je te le jure.
Vois, il vient dans ma main chercher sa nourriture ;
Et je veux que ma main lui serve de tombeau.

MYRTIL.

    O Pan ! que faut-il pour te plaire?
Regarde mon ramier, je le vais appeler.
    Veux-tu sa vie ? Elle m'est chère :

3

Mais pour que tu sauves mon père,
Je vais... oui, dieu puissant, je vais te l'immoler.
   Et leurs petites mains tremblantes
Saisissaient des oiseaux les ailes frémissantes;
Déjà, glacés de crainte, ils détournaient les yeux
   Pour commencer leurs sacrifices.
Mais une voix s'élève : Enfans trop généreux !
Arrêtez! L'innocence intéresse les dieux.
Gardez-vous d'immoler ce qui fait vos délices !
   Je rends votre père à vos vœux.

Leur père fut sauvé. Ce jour même avec eux
Il alla du dieu Pan bénir la bienfaisance :
Il passa de longs jours au sein de l'abondance,
Et vit naître les fils de ses petits-neveux.

(LÉONARD.)

LA PIÉTÉ FILIALE.

LYCORIS ET SÉLIME.

Au déclin d'un beau jour Lycoris et Sélime,
   Ayant rassemblé leur troupeau,
   Se reposaient sur un coteau
   Dont le soleil dorait la cime :
   Ils s'occupaient de Philémon ;
Car ces jeunes enfans, modèles de tendresse,
N'avaient d'autre plaisir que d'en parler sans cesse.
Si nous sommes heureux, j'en sais bien la raison,
   Disait Lycoris à son frère :
   Les Cieux protégent notre père.
   Il le mérite, il est si bon !

SÉLIME.

N'en doute point, ma sœur, sa vertu leur est chère.
Un soir, sous le berceau voisin de sa chaumière,
Il dormait d'un sommeil aussi doux que son cœur :
    Sur son front j'imprimai ma bouche,
Et soudain (soit amour, ou soit que son bonheur
Se fasse ressentir à tout ce qui le touche)
Des larmes de plaisir coulèrent de mes yeux.
Ce bon père, disais-je, à quel point il nous aime !
Il a veillé pour nous, et dans son sommeil même
    Il sait encor nous rendre heureux !

LYCORIS.

Hier, dans quel état il revint de la plaine !
Ah ! si tu l'avais vu se traîner avec peine,
Accablé de travail et du poids de ses ans !
    Tu pleures, Sélime !

SÉLIME.

    Quel père !
Nous lui devons aussi des soins reconnaissans.
Ecoute ; mais surtout que ce soit un mystère :
Du prix de ces paniers que tu me voyais faire,
    Je viens d'acheter un mouton ;
    Je le destine à Philémon...

LYCORIS.

Et moi, pour l'amuser quand il est solitaire,
De mon oiseau chéri je veux lui faire un don.

    Leur père entendit ce langage;
    Il sortait d'un buisson voisin.

Il court à ses enfans, les tient contre son sein;
Et des larmes de joie inondent son visage.
O Dieu, dit-il, ô Dieu témoin de mon bonheur !
Dans mes bras paternels tu vois tout ce que j'aime !
Laisse-moi mes enfans ! C'est la seule faveur
Que je demande encore à ta bonté suprême.

(LÉONARD.)

MÊME SUJET.

.... Qui ne connaît pas quelle volupté pure
A ce doux sentiment attacha la nature ?
Fidélia le prouve, elle dont Addisson
A la postérité transmit l'aimable nom.
La mort à son enfance avait ravi sa mère;
Mais ses traits enchanteurs en offraient à son père
La douce ressemblance et le vivant portrait :
De ce père chéri le cœur l'idolâtrait.
Une épouse des sens flatte la douce ivresse,
Les fils l'ambition, les filles la tendresse;
Et pour elles l'amour d'un père vertueux,
Sans en être moins pur, est plus affectueux.
Au ciseau de Scopas, même au pinceau d'Apelle
La beauté que je chante eût servi de modèle.
Un amant l'adorait, tel que le dieu d'amour
L'eût choisi pour charmer les nymphes de sa cour.
Elle-même admirait sa grâce enchanteresse ;
Mais l'amour filial étouffait sa tendresse,
Et d'un père chéri les douleurs, les besoins,
Sans remplir tout son cœur occupaient tous ses soins.
Son âme, dévouée à ces doux exercices,

A son vieux domestique enviait ses services :
Les plus humbles emplois flattaient son tendre orgueil.
Elle-même avec art dessina le fauteuil
Qui, par un double appui soutenant sa faiblesse,
Sur un triple coussin reposait sa vieillesse ;
Elle-même à son père offrait ses vêtemens,
Lui préparait ses bains, soignait ses alimens ;
Elle-même, à genoux, ajustait sa chaussure ;
Elle-même peignait sa blanche chevelure ;
Près de lui rassemblait ses meubles favoris,
Ses amis de l'enfance et ses livres chéris.
Souvent quand la beauté, méditant des conquêtes,
Se parait pour le bal, les festins ou les fêtes,
Elle, auprès du vieillard, au coin de leurs foyers,
Ecoutait le récit de ses exploits guerriers,
Dansait, pinçait son luth ; tantôt avec adresse
Lui chantait les vieux airs qui charmaient sa jeunesse ;
Le soir, le conduisait au lieu de son sommeil,
Veillait à son chevet, épiait son réveil,
Dressait pour lui la table, et des plantes d'Asie
Lui versait de sa main l'odorante ambroisie.
Vainement ses amis lui disaient quelquefois :
Faut-il vivre toujours sous ces austères lois ?
Et même avant l'hymen connaissant le veuvage,
En ces pieux ennuis couler votre jeune âge ?
Hâtez-vous de saisir ces rapides instans ;
Vous les regretterez, il n'en sera plus temps.
Plus prompte que l'éclair, la jeunesse s'envole :
De ces tristes devoirs qu'un époux vous console.
— Ah ! ma mère n'est plus, disait-elle, et sa mort
D'un père en cheveux blancs m'a confié le sort.

3.

De frivoles plaisirs que la foule s'amuse ;
Pour moi, mon cœur jouit des biens qu'il se réfuse.
Je jouis, quand je vois, au sortir du sommeil,
D'un rayon de gaîté briller son doux réveil ;
Je jouis, quand, le soir, prolongeant ma lecture,
J'endors près de son lit les douleurs qu'il endure ;
Je jouis, quand, le jour, appuyé sur mon bras,
Mes secours attentifs aident ses faibles pas.
Dans des liens nouveaux ma jeunesse engagée,
Par deux objets chéris se verrait partagée ;
L'amour lui volerait une part de ses soins :
Je l'aimerais autant et le soignerais moins.
Non, j'en jure aujourd'hui par l'ombre de ma mère,
Rien ne pourra jamais me séparer d'un père.

(DELILLE.)

L'HEUREUX VIEILLARD.

La terre a repris ses couleurs ;
J'entends déjà chanter la joyeuse hirondelle ;
    La nature se renouvelle,
Une fraîche rosée a ranimé les fleurs.
Je sens renaître aussi mon antique allégresse :
O matin ! ton aspect fait palpiter mon cœur,
Je m'échauffe aux rayons de ce feu créateur ;
    Et ma défaillante vieillesse
Respire avec ce frais le souffle du bonheur.
Grâce te soit rendue, ô Dieu conservateur !
Toi dont j'ai si long-temps éprouvé la clémence !
Deux fois quarante hivers ont suivi ma naissance :
Ce grand âge a passé comme un songe flatteur.

Quand je parcours l'espace immense
Où se perd loin de moi le berceau de mes ans,
Que je me sens ému ! dans quels ravissemens
Je me rappelle encor leur douce jouissance !
D'un air contagieux mes troupeaux ni mes champs
N'essuyèrent jamais la mortelle influence ;
Jamais de mon réduit n'approcha l'indigence.
    Si le malheur m'a visité,
Si quelquefois mes yeux ont répandu des larmes,
    Au jour de la félicité
Ces orages légers prêtaient de nouveaux charmes.
Hélas ! sous un ciel pur, au bord de ces ruisseaux,
J'ai vu couler mes jours comme coulent leurs eaux :
Je les ai vus suivis de paisibles ténèbres ;
Un sommeil bienfaisant suspendait mes travaux,
Et jamais le souci, pour troubler mon repos,
    N'agita ses ailes funèbres.
Dans le cours fortuné de mes lustres nombreux,
Je ne compte aucun jour perdu pour la nature :
J'eus des amis, je fis quelquefois des heureux ;
J'aimais, et je connus cette volupté pure
Qui naît du doux accord d'un couple vertueux.
O jeunesse, ô raison, dont tout m'offre l'image !
Lorsque sur mes genoux je portais mes enfans,
Qu'en me livrant comme eux aux plaisirs de leur âge,
Je me sentais pressé de leurs bras innocens,
Que je goûtais alors un bonheur sans nuage,
En voyant s'élever ces tendres arbrisseaux !
Mes yeux de l'avenir pénétraient la nuit sombre ;
Je disais : Ils croîtront ; leurs utiles rameaux
Recevront ma vieillesse à l'abri de leur ombre.

J'ai joui, grâce au Ciel, du fruit de mes travaux,
Et j'ai vu le succès passer mon espérance.
En rappelant les soins que j'eus pour votre enfance,
De votre père un jour bénissez le repos,
Mes fils! si je n'ai pu vous laisser l'abondance,
Je vous ai fait des cœurs à l'épreuve des maux :
Ah! quel est le mortel exempt de leurs assauts ?
Pour la première fois quand je connus la peine,
Ce fut, ô ma Zélie! au jour où, sur mon sein,
Ton âme s'échappa comme une douce haleine,
Où le froid du trépas glaça la faible main
Que tu tentais encor d'attacher sur la mienne :
Combien ce souvenir m'a fait verser de pleurs !
Mais de tous nos chagrins le temps tarit la source :
    Douze fois la saison de fleurs
Au gazon de la tombe a mêlé ses couleurs,
Et le moment approche où doit finir ma course ;
J'ai de ce terme heureux de sûrs pressentimens.
Ce soir sur la colline où repose ta cendre
    Je veux assembler mes enfans.
Toi qui me fis l'objet de tes bienfaits constans,
Au dernier de mes jours daigne encore m'entendre,
O Ciel! fais-moi mourir dans leurs embrassemens.

(LÉONARD.)

LE BON FILS.

DAPHNIS avait quitté son foyer solitaire,
Et promenait ses pas près d'un étang voisin
Qui du flambeau des nuits répétait la lumière.
    L'aspect du soir pur et serein,

Le chant du rossignol, le calme des prairies,
Entretinrent long-temps ses douces rêveries :
Mais il revint enfin sous les berceaux épais
Qui devant sa cabane étendaient leur ombrage.
  Là, couché sur le gazon frais,
Sur une de ses mains appuyant son visage,
  Le vieux Damon dormait en paix.
Daphnis, ému, s'arrête, et contemple son père;
  Un sentiment délicieux
L'enivrait en fixant une tête si chère;
Quelquefois seulement il regardait les cieux,
Et des larmes d'amour coulaient de sa paupière.

O mon père, dit-il, quel calme est dans tes sens!
Que le sommeil est pur dans les cœurs innocens!
  Ce soir, en quittant ta chaumière,
  Tu seras venu dans ces lieux
Offrir aux immortels une sainte prière,
Et des songes légers auront fermé tes yeux.
Tu priais pour ton fils... Ah! je suis trop heureux!
Si je vois sur nos champs reposer l'abondance,
Si les prés sont couverts de nos troupeaux nombreux,
C'est toi, c'est ta vertu, dont je sens l'influence;
Les dieux que tu chéris favorisent tes vœux.
Quand, touché de mes soins pour ta frêle vieillesse,
  Tu me bénis d'un air content;
Quand tu répands sur moi des larmes de tendresse,
  Oh! comme un torrent d'allégresse
  Pénètre mon cœur palpitant!...
Mais ma félicité sera bientôt passée!
Bientôt je dois te perdre!... affligeante pensée!

En voyant tes brebis bondir sur le gazon,
Et tes blés te promettre une riche moisson,
Mes cheveux, disais-tu, sont blanchis dans la joie.
Fleurissez, lieux charmans ! la clémence des dieux
Pour peu de temps encor permet que je vous voie;
De plus heureux climats vont récréer mes yeux...
Ah ! mon meilleur ami, faut-il que tu me laisses !
Tes bras seront fermés à mes douces caresses !
Alors, pour consommer ton amour paternel;
Je veux près de ta tombe ériger un autel;
　　Et s'il me luit un jour propice,
Où d'un infortuné j'aurai tari les pleurs,
J'irai sur cet autel offrir un sacrifice,
Et couvrir ton cercueil de laitage et de fleurs.
Mais je crains que des vents la fraîcheur ennemie
　　Ne te nuise dans ton sommeil...

A ces mots, s'inclinant sur sa couche fleurie,
Il lui baise le front pour hâter son réveil.

(LÉONARD.)

RUTH.

Le plus saint des devoirs, celui qu'en traits de flamme
La nature a gravé dans le fond de notre âme,
C'est de chérir l'objet qui nous donna le jour.
Qu'il est doux à remplir, ce précepte d'amour !
Voyez ce faible enfant que le trépas menace;
Il ne sent plus ses maux quand sa mère l'embrasse;
Dans l'âge des erreurs, ce jeune homme fougueux
N'a qu'elle pour ami dès qu'il est malheureux;

Ce vieillard qui va perdre un reste de lumière,
Retrouve encor des pleurs en parlant de sa mère.
Bienfait du Créateur, qui daigna nous choisir
Pour première vertu notre plus doux plaisir!
Il fit plus : il voulut qu'une amitié si pure
Fût un bien de l'amour, comme de la nature,
Et que les nœuds d'hymen, en doublant nos parens,
Vinssent multiplier nos plus chers sentimens.
C'est ainsi que, de Ruth récompensant le zèle,
De ce pieux respect Dieu nous donne un modèle.

Lorsqu'autrefois un juge, au nom de l'Eternel,
Gouvernait dans Maspha les tribus d'Israël,
Du coupable Juda Dieu permit la ruine.
Des murs de Bethléem chassés par la famine,
Noémi, son époux, deux fils de leur amour,
Dans les champs de Moab vont fixer leur séjour.
Bientôt de Noémi les fils n'ont plus de père ;
Chacun d'eux prit pour femme une jeune étrangère;
Et la mort les frappa. La triste Noémi,
Sans époux, sans enfans, chez un peuple ennemi,
Tourne ses yeux en pleurs vers sa chère patrie,
Et prononce en parlant, d'une voix attendrie,
Ces mots qu'elle adressait aux veuves de ses fils :
Ruth, Orpha, c'en est fait, mes beaux jours sont finis;
Je retourne en Juda mourir où je suis née.
Mon Dieu n'a pas voulu bénir votre hyménée :
Que mon Dieu soit béni! Je vous rends votre foi.
Puissiez-vous être un jour plus heureuse que moi!
Votre bonheur rendrait ma peine moins amère.
Adieu! n'oubliez pas que je fus votre mère.

Elle les presse alors sur son cœur palpitant.
Orpha baisse les yeux, et pleure en la quittant.
Ruth demeure avec elle : Ah ! laissez-moi vous suivre ;
Partout où vous vivrez Ruth près de vous doit vivre.
N'êtes-vous pas ma mère en tous temps, en tout lieu?
Votre peuple est mon peuple, et votre Dieu mon Dieu.
La terre où vous mourrez verra finir ma vie ;
Ruth dans votre tombeau veut être ensevelie.
Jusque-là vous servir fera mes plus doux soins ;
Nous souffrirons ensemble et nous souffrirons moins.

Elle dit. C'est en vain que Noémi la presse
De ne point se charger de sa triste vieillesse ;
Ruth, toujours si docile à son moindre désir,
Pour la première fois refuse d'obéir;
Sa main de Noémi saisit la main tremblante;
Elle guide et soutient sa marche défaillante,
Lui sourit, l'encourage, et quittant ses climats,
De l'antique Jacob va chercher les états.
De son peuple chéri Dieu réparait les pertes;
Noémi de moissons voit les plaines couvertes.
Enfin, s'écria-t-elle, en tombant à genoux,
Le bras de l'Eternel ne pèse plus sur nous !
Que ma reconnaissance à ses yeux se déploie!
Voici les premiers pleurs que je donne à la joie.
Vous voyez Bethléem, ma fille; cet ormeau
De la tendre Rachel vous marque le tombeau.
Le front dans la poussière, adorons en silence
Du Dieu de mes aïeux la bonté, la puissance :
C'est ici qu'Abraham parlait à l'Eternel.
Ruth baise avec respect la terre d'Israël.

Bientôt de leur retour la nouvelle est semée.
A peine de ce bruit la ville est informée,
Que tous vers Noémi précipitent leurs pas ;
Plus d'un vieillard surpris ne la reconnaît pas ;
Quoi ! c'est là Noémi ? — Non, leur répondit-elle,
Ce n'est plus Noémi : ce nom veut dire belle ;
J'ai perdu ma beauté, mes fils et mon ami :
Nommez-moi malheureuse, et non pas Noémi.

Dans ce temps, de Juda les nombreuses familles
Recueillaient les épis tombant sous les faucilles ;
Ruth veut aller glaner. Le jour à peine luit,
Qu'aux champs du vieux Booz le hasard la conduit :
De Booz dont Juda respecte la sagesse,
Vertueux sans orgueil, indulgent sans faiblesse,
Et qui, des malheureux l'amour et le soutien,
Depuis quatre-vingts ans fait tous les jours du bien.
Ruth suivait dans son champ la dernière glaneuse :
Étrangère et timide, elle se trouve heureuse
De ramasser l'épi qu'un autre a dédaigné.
Booz, qui l'aperçoit, vers elle est entraîné :
Ma fille, lui dit-il, glanez près des javelles :
Les pauvres ont des droits sur des moissons si belles.
Mais vers ces deux palmiers suivez plutôt mes pas,
Venez des moissonneurs partager le repas.
Le maître de ce champ par ma voix vous l'ordonne :
Ce n'est que pour donner que le Seigneur nous donne.
Il dit. Ruth à genoux de pleurs baigne sa main.
Le vieillard la conduit au champêtre festin.
Les moissonneurs, charmés de ses traits, de sa grâce,
Veulent qu'au milieu d'eux elle prenne sa place,

4

De leur pain, de leurs mets lui donnent la moitié ;
Et Ruth, riche des dons que lui fait l'amitié,
Songeant que Noémi languit dans la misère,
Pleure, et garde son pain pour en nourrir sa mère.
Bientôt elle se lève, et retourne aux sillons.
Booz parle à celui qui veillait aux moissons :
Fais tomber, lui dit-il, les épis autour d'elle,
Et prends garde surtout que rien ne te décèle :
Il faut que, sans te voir, elle pense glaner,
Tandis que par nos soins elle va moissonner ;
Epargne à sa pudeur trop de reconnaissance,
Et gardons le secret de notre bienfaisance.
Le zélé serviteur se presse d'obéir ;
Partout aux yeux de Ruth un épi vient s'offrir.
Elle porte ses biens vers le toit solitaire
Où Noemi cachait ses pleurs et sa misère.
Elle arrive en chantant : Bénissons le Seigneur !
Dit-elle ; de Booz il a touché le cœur.
A glaner dans son champ ce vieillard m'encourage ;
Il dit que la moisson du pauvre est l'héritage.
De son travail alors elle montre le fruit.
— Oui, lui dit Noémi, l'Eternel vous conduit ;
Il veut votre bonheur, n'en doutez point, ma fille :
Le vertueux Booz est de notre famille,
Et nos lois... Je ne puis vous expliquer ces mots,
Mais retournez demain dans le champ de Booz ;
Il vous demandera quel sang vous a fait naître :
Répondez : Noémi vous le fera connaître ;
La veuve de son fils embrasse vos genoux.
Tous mes desseins alors seront connus de vous.
Je n'en puis dire plus : soyez sûre d'avance

Que le sage Booz respecte l'innocence,
Et que vous rendre heureuse est mon plus cher désir.
Ruth embrasse sa mère, et promet d'obéir.
Bientôt un doux sommeil vient fermer sa paupière.

Le soleil n'avait pas commencé sa carrière,
Que Ruth est dans le champ. Les moissonneurs lassés
Dormaient près des épis autour d'eux dispersés ;
Le jour commence à naître, aucun ne se réveille.
Mais aux premiers rayons de l'aurore vermeille,
Parmi ses serviteurs Ruth reconnaît Booz.
D'un paisible sommeil il goûtait le repos ;
Des gerbes soutenaient sa tête vénérable.
Ruth s'arrête : O vieillard, soutien du misérable,
Que l'ange du Seigneur garde tes cheveux blancs !
Dieu, pour se faire aimer doit prolonger tes ans.
Quelle sérénité se peint sur ton visage !
Comme ton cœur est pur, ton front est sans nuage.
Tu dors, et tu parais méditer des bienfaits :
Un songe t'offre-t-il les heureux que tu fais ?
Ah ! s'il parle de moi, de ma tendresse extrême,
Crois-le : ce songe, hélas ! est la vérité même.

Le vieillard se réveille à ces accens si doux.
Pardonnez, lui dit Ruth, j'osais prier pour vous :
Mes vœux étaient dictés par la reconnaissance.
Chérir son bienfaiteur ne peut-être une offense ;
Un sentiment si pur doit-il se réprimer ?
Non ; ma mère me dit que je puis vous aimer.
De Noémi dans moi reconnaissez la fille :
Est-il vrai que Booz soit de notre famille ?

Mon cœur et Noémi me l'assurent tous deux.
— O Ciel! répond Booz, ô jour trois fois heureux !
Vous êtes cette Ruth, cette aimable étrangère
Qui laissa son pays et ses dieux pour sa mère !
Je suis de votre sang ; et, selon notre loi,
Votre époux doit trouver un successeur en moi ;
Mais puis-je réclamer ce noble et saint usage?
Je crains que mes vieux ans n'effarouchent votre âge.
Si je suis heureux seul, ce n'est plus un bonheur.
— Ah! que ne lisez-vous dans le fond de mon cœur!
Lui dit Ruth ; vous verriez que la loi de ma mère
Me devient dans ce jour et plus douce et plus chère.
La rougeur, à ces mots, augmente ses attraits.
Booz tombe à ses pieds : je vous donne à jamais
Et ma main et ma foi : le plus saint hyménée
Aujourd'hui va m'unir à votre destinée.
A cette fête, hélas! nous n'aurons pas l'amour;
Mais l'amitié suffit pour en faire un beau jour.
Et vous, Dieu de Jacob, seul maître de ma vie,
Je ne me plaindrai point qu'elle me soit ravie.
Je ne veux que le temps et l'espoir, ô mon Dieu!
De laisser Ruth heureuse, en lui disant adieu.

Ruth le conduit alors dans les bras de sa mère.
Tous trois à l'Eternel adressent leur prière;
Et le plus saint des nœuds en ce jour les unit.
Juda s'en glorifie ; et Dieu qui les bénit,
Aux désirs de Booz permet que tout réponde.
Belle comme Rachel, comme Lia féconde,
Son épouse eut un fils ; et cet enfant si beau
Des bienfaits du Seigneur est un gage nouveau :

C'est l'aïeul de David; Noémi le caresse,
Elle ne peut quitter ce fils de sa tendresse,
Et dit, en le montrant sur son sein endormi :
Vous pouvez maintenant m'appeler Noémi.

(FLORIAN.)

LE BERCEAU.

Que j'aime à reposer sous ce berceau paisible !
Le souple chèvre-feuille et le jasmin flexible
Y mêlent aux rosiers leurs jets entrelacés :
Il compte cinq printemps, et déjà son feuillage,
Quand sous les feux du jour les sens sont oppressés,
    M'offre l'abri de son ombrage.
Asile de la paix, séjour aimé des Cieux,
Sous ton dôme embelli de feuilles verdoyantes,
    Que de tableaux délicieux
Offrent à mon esprit des images riantes
    Ou des souvenirs gracieux !
Loin de ces vains plaisirs qui bercent la mollesse,
Loin du séjour des grands qu'enivre la faveur,
Tout à moi, tout aux lois d'une aimable sagesse,
Sur ton émail fleuri je trouve le bonheur.
Mon esprit s'agrandit et mon âme s'épure :
    Dans ce temple de la nature,
La volupté sourit à mes sens dégagés
    Des prestiges de l'imposture
    Et des chaînes des préjugés.
Si d'un œil attentif je cherche à me connaître,
Depuis l'aigle orgueilleux jusqu'au faible ciron,
Rien n'est indifférent, tout est une leçon :

4.

Un ver m'instruit plus sur mon être
Que de vains argumens où se perd la raison.
Le tendre velouté qui pare les prairies,
L'aspect d'un ciel riant, les présens des coteaux,
Le cercle des saisons, le murmure des eaux
　　Qui baignent ces rives chéries,
Le silence des bois, et le chant des oiseaux,
　　Tout y prête à mes rèveries
Un charme attendrissant et des plaisirs nouveaux.
De quelle volupté mon âme est enivrée !
　　Dans mon essor audacieux,
M'élevant tout à coup vers la voûte azurée,
J'abandonne la terre, et d'un œil curieux
　　Je parcours la plaine éthérée,
Et j'ose sur leur marche interroger les cieux.
Où ne m'emporte pas l'élan de ma pensée?
Sur des ailes de feu je plane en haut des airs,
　　Et je découvre, astres divers,
　　Dans la loi qui vous fut tracée,
La puissance de Dieu qui conçut l'univers :
Elle offre à mon esprit un artisan suprême
Aussi simple que grand dans ses vastes desseins.
　　Le monde n'est plus un problème :
Tout m'annonce qu'il fut créé pour les humains.
C'est pour eux qu'éclatant au centre de sa sphère,
L'astre des cieux étend ses réseaux de lumière;
Qu'il échauffe la terre et la pare de fleurs.
Lorsque, tel qu'un géant, il parcourt sa carrière,
Pour qui lancerait-il ses rayons créateurs?
Serait-ce pour le tigre ou le lion sauvage,
Qui du ciel africain bravent les feux ardens?

Serait-ce pour le bœuf qu'en un gras pâturage
On voit languissamment traîner des pas pesans?
      Dans leur muette indifférence
Ils tournent vers la terre un œil stupide et lourd,
Aveugles instrumens de la toute-puissance
Du moteur éternel qui leur donna le jour.
      C'est en vain que l'aimable Aurore
De l'éclat du rubis peint un fond de saphir,
      Et que, sur les monts qu'elle dore,
Elle verse ses pleurs, et fixe le zéphyr,
Dont le soufle embaumé se plaît à rafraîchir
Les brillantes couleurs de la robe de Flore;
      En vain la terre s'embellit
Du riche et vif émail que son sein fait éclore;
Tout est perdu pour eux, et l'homme seul jouit.
      Berceau chéri, sous ton feuillage,
C'est ainsi que l'étude amuse mes loisirs,
Et que, libre de soins, exempt de vains désirs,
Sans craindre les écueils où l'homme fait naufrage,
Mon cœur aime à jouir, au sein des vrais plaisirs,
Des dons de la nature et de la paix du sage.
      L'Amitié, d'un air gracieux,
Vient, un livre à la main, quelquefois m'y surprendre :
La joie au fond de l'âme, et le feu dans les yeux,
Je goûte avec transport le plaisir de l'entendre.
      Que vous coulez rapidement,
Instans délicieux que je passe avec elle!
Dans ces doux entretiens qu'on s'oublie aisément!
      La confiance mutuelle
A l'abandon du cœur donne tant d'agrément!
Hélas! pourquoi le temps fuit-il à tire d'aile,

Quand on connaît ainsi le prix du sentiment?
Pourquoi souvent rompt-il une chaîne si belle?
O céleste Amitié! viens charmer mes loisirs
Dans ce lieu que la paix a choisi pour asile;
Viens-y; sous ce berceau, retraite des plaisirs,
Tu jouiras des dons d'un ciel pur et tranquille,
Des mœurs de l'âge d'or et de l'égalité,
D'un repos enchanteur et de la liberté.
Ici ne sifflent pas les serpens de l'envie;
Et dans les doux transports qu'inspire la gaîté,
On peut boire l'oubli du songe de la vie.
Heureux qui vit en paix dans les champs paternels!
Amant de la nature, il a des jours prospères,
Il foule sous ses pieds les erreurs des mortels,
    Et le néant de leurs chimères.
Ah! que lui fait l'éclat de leurs biens éphémères?
Qu'est à ses yeux leur frêle et rapide beauté?
Peut-elle déguiser l'excès de leurs misères
Sous le masque trompeur de la félicité?
Son cœur, ami de l'ordre, aime la vérité :
Il voit fuir loin de lui ses chagrins qui s'envolent;
    Et des maux de l'humanité,
Compagnes de ses pas, les vertus le consolent.
C'est pour lui que le Ciel verse ses doux présens.
Puissé-je, ô mon berceau, sur l'hiver de mes ans,
Reposer sous ton ombre, y respirer encore
Les parfums dont les fleurs embaument le printemps,
Et, dans l'heureux oubli du temps qui tout dévore,
    Amuser mes derniers instans
    Du souvenir de mon aurore!

                (DE LÉVIZAC.)

LA VIOLETTE.

O FILLE du printemps, douce et touchante image
    D'un cœur modeste et vertueux !
Du sein de ce gazon, tu remplis ce bocage
    De ton parfum délicieux.
Que j'aime à te chercher sous l'épaisse verdure
   Où tu crois fuir mes regards et le jour !
Au pied d'un chêne vert qu'arrose une onde pure,
    L'air embaumé m'annonce ton séjour.
    Mais ne crains rien de ma main généreuse ;
    Sans te cueillir, j'admire ta fraîcheur :
      Je ne voudrais pas être heureuse
      Aux dépens même d'une fleur.
      Reste sur ta tige flexible,
      Jouis des beaux jours du printemps ;
      Que les zéphyrs rafraîchissans,
    Que ces rameaux, et ce lierre sensible,
Calment pour toi les feux des étés dévorans !
      Que l'automne aussi fasse éclore
    Autour de toi des rejetons nombreux !
    Que de l'hiver le souffle rigoureux
      S'adoucisse et t'épargne encore !
      Ah ! comme ta suave odeur
Qui parfume les airs sans dévoiler tes charmes,
Que ne puis-je, du pauvre en essuyant les larmes,
    Lui dérober l'aspect du bienfaiteur.
Timide comme toi, je veux dans la retraite
    Et dans l'oubli passer mes jours :
Un peu d'encens vaut-il ce trouble que toujours

Poursuit notre gloire inquiète?
Simple en mes goûts, de paisibles loisirs
Rendent mon âme satisfaite :
Mon nom contente mes désirs,
Puisque l'amitié le répète.
L'avenir m'oubliera : mais, chère à mon époux,
Dans mon enfant trouvant mon bien suprême,
Bornant le monde à ce que j'aime,
Je me cache aux regards du vulgaire jaloux.
Oui, comme toi cherchant la solitude,
Ne me plaisant qu'en ces climats déserts,
J'y viens rêver, et soupirer des vers
Qui ne doivent rien à l'étude.

(Mme DE BEAUFORT-D'HAUTPOUL.)

MISÈRES DE L'HOMME.

L'HOMME né de la femme a peu d'instans à vivre,
Ses jours sont des jours de douleur;
Il fuit comme l'éclair, tombe comme la fleur ;
C'est un ombre qui passe et que l'œil ne peut suivre :
Et c'est sur lui, fantôme d'un moment,
Que ton regard, grand Dieu! daigne descendre!
C'est à lui que tu fais entendre
Ton redoutable jugement.
Qui peut épurer dans sa course
Un fleuve empoisonné, corrompu dès sa source !
Si tu règles son avenir,
Si tu tiens dans tes mains ses tristes destinées,
Si tu prescris à ses années
Un terme que jamais elles n'ont pu franchir,

Permets du moins que l'homme, accablé de misère,
Ait son jour de repos, comme le mercenaire.
L'arbre qu'on a coupé ne meurt pas sans retour ;
En lui sommeille encor le germe de la vie,
    Et nos yeux le verront un jour
Parer de rejetons sa souche rajeunie.
    Quand sa racine aurait dormi long-temps
      Dans les entrailles de la terre ;
      Quand son tronc, séché par les vents,
N'offrirait qu'un cadavre éteint dans la poussière,
Si l'onde rafraîchit ses restes languissans,
    Il se ranime, et bientôt le printemps
      Lui rend sa jeunesse première,
Et d'un riche feuillage orne sa tête altière.
Mais lorsque de la mort l'homme a franchi le seuil,
    Que devient-il au-delà du cercueil ?
Comme l'eau du torrent, et plus rapide, il passe ;
Il passe, et laisse à peine un léger souvenir :
Tant que l'astre des cieux roulera dans l'espace,
    Son sommeil ne doit point finir.
Dieu ! que ne daignes-tu, suspendant ta vengeance,
    Me plonger dans ce long sommeil,
Et fixer à la fois l'heure de ta clémence,
    Et le moment de mon réveil !
Quand l'homme aura fini sa course passagère,
Verra-t-il, affranchi de tout lien mortel,
    Apparaître un jour éternel ?
Après tant de combats soutenus sur la terre,
J'attends cet avenir que l'innocence espère.
Tu m'appelles, Seigneur, je réponds à ta voix :
Viens, ouvre-moi tes bras, ma vie est ton ouvrage.

Aujourd'hui suppliant, criminel autrefois,
Mes maux ont expié les fautes d'un autre âge ;
Ferme à jamais le livre où fut inscrit l'outrage
    Que j'ai fait à tes saintes lois.
Le temps des monts altiers a renversé la cime :
Le roc vieilli s'affaisse et roule dans l'abîme ;
Les eaux creusent la pierre, et par de lents efforts,
La mer enfin parvient à conquérir ses bords ;
Ainsi tu détruis l'homme ; ainsi tes mains à peine
Paraissent l'affermir dans sa marche incertaine,
Que le sol des vivans le rejette à jamais.
Tu flétris son visage, et tu changes ses traits.

                  (LEVAVASSEUR.)

LE PETIT SAVOYARD.

PREMIÈRE ÉLÉGIE. — LE DÉPART.

    PAUVRE petit, pars pour la France.
Que te sert mon amour ? je ne possède rien.
On vit heureux ailleurs ; ici, dans la souffrance.
    Pars, mon enfant, c'est pour ton bien.
    Tant que mon toit put te suffire,
Tant qu'un travail utile à mes bras fut permis,
Heureuse et délassée en te voyant sourire,
    Jamais on n'eût osé me dire :
    Renonce aux baisers de ton fils.
Mais je suis veuve ; on perd sa force avec la joie.
    Triste et malade, où recourir ici ?
Où mendier pour toi ? chez des pauvres aussi !
Laisse ta pauvre mère, enfant de la Savoie ;

    Va, mon enfant, où Dieu t'envoie.

Mais, si loin que tu sois, pense au foyer absent ;
Avant de le quitter, viens, qu'il nous réunisse.
Une mère bénit son fils en l'embrassant :
    Mon fils, qu'un baiser te bénisse.
    Vois-tu ce grand chêne, là-bas ?
Je pourrai jusque-là t'accompagner, j'espère.
Quatre ans déjà passés, j'y conduisis ton père ;
    Mais lui, mon fils, ne revint pas.
Encor, s'il était là pour guider ton enfance,
Il m'en coûterait moins de t'éloigner de moi ;
Mais tu n'as pas dix ans, et tu pars sans défense...
    Que je vais prier Dieu pour toi !...
Que feras-tu, mon fils, si Dieu ne te seconde,
Seul, parmi les méchans, car il en est au monde,
Sans ta mère, du moins, pour t'apprendre à souffrir...?
Oh ! que n'ai-je du pain, mon fils, pour te nourrir !
Mais Dieu le veut ainsi : nous devons nous soumettre.
    Ne pleure pas en me quittant ;
Porte au seuil des palais un visage content.
Parfois mon souvenir t'affligera peut-être...
Pour distraire le riche, il faut chanter pourtant.
Chante tant que pour toi la vie est moins amère ;
Enfant, prends ta marmotte et ton léger trousseau,
Répète, en cheminant, les chansons de ta mère,
Quand ta mère chantait autour de ton berceau.
Si ma force première encor m'était donnée,
J'irais, te conduisant moi-même par la main,
Mais je n'atteindrais pas la troisième journée ;
Il faudrait me laisser bientôt sur ton chemin :
Et moi je veux mourir aux lieux où je suis née.

               5

Maintenant, de ta mère entends le dernier vœu :
Souviens-toi, si tu veux que Dieu ne t'abandonne,
Que le seul bien du pauvre est le peu qu'on lui donne.
Prie, et demande au riche : il donne au nom de Dieu.
Ton père le disait; sois plus heureux : adieu.
Mais le soleil tombait des montagnes prochaines,
Et la mère avait dit : Il faut nous séparer;
Et l'enfant s'en allait à travers les grands chênes,
Se tournant quelquefois, et n'osant pas pleurer.

DEUXIÈME ÉLÉGIE. — PARIS.

J'ai faim; vous qui passez, daignez me secourir.
Voyez : la neige tombe, et la terre est glacée,
J'ai froid : le vent se lève et l'heure est avancée,
     Et je n'ai rien pour me couvrir.
Tandis qu'en vos palais tout flatte votre envie,
A genoux sur le seuil, j'y pleure bien souvent;
Donnez : peu me suffit : je ne suis qu'un enfant;
     Un petit sou me rend la vie.
On m'a dit qu'à Paris je trouverais du pain;
Plusieurs ont raconté, dans nos forêts lointaines,
Qu'ici le riche aidait le pauvre dans ses peines;
Eh bien! moi, je suis pauvre, et je vous tends la main.
     Faites-moi gagner mon salaire :
Où me faut-il courir? dites, j'y volerai.
Ma voix tremble de froid; eh bien! je chanterai,
     Si mes chansons peuvent vous plaire.
     Il ne m'écoute pas, il fuit;
Il court dans une fête, et j'en entends le bruit,
     Finir son heureuse journée.

Et moi, je vais chercher, pour y passer la nuit,
    Cette guérite abandonnée.
Au foyer paternel quand pourrais-je m'asseoir!
    Rendez-moi ma pauvre chaumière,
Le laitage durci qu'on partageait le soir,
Et, quand la nuit tombait, l'heure de la prière
Qui ne s'achevait pas sans laisser quelque espoir.
Ma mère, tu m'as dit, quand j'ai fui ta demeure :
Pars, grandis et prospère, et reviens près de moi.
Hélas! et tout petit faudra-t-il que je meure
    Sans avoir rien gagné pour toi?
    Non, l'on ne meurt point à mon âge;
Quelque chose me dit de reprendre courage...
Eh! que sert d'espérer !... que puis-je attendre enfin !...
J'avais une marmotte, elle est morte de faim.
Et faible, sur la terre il reposait sa tête,
Et la neige, en tombant, le couvrait à demi;
Lorsqu'une douce voix, à travers la tempête,
Vint réveiller l'enfant par le froid endormi.
    Qu'il vienne à nous celui qui pleure,
Disait la voix mêlée au murmure des vents :
    L'heure du péril est notre heure,
    Les orphelins sont nos enfans.
Et deux femmes en deuil recueillaient sa misère.
Lui, docile et confus, se levait à leur voix.
Il s'étonnait d'abord; mais il vit dans leurs doigts
Briller la croix d'argent au bout du long rosaire,
Et l'enfant les suivit en se signant deux fois.

TROISIÈME ÉLÉGIE. — LE RETOUR.

Avec leurs grands sommets, leurs glaces éternelles

Par un soleil d'été, que les Alpes sont belles !
Tout dans leurs frais vallons sert à nous enchanter,
La verdure, les eaux, les bois, les fleurs nouvelles.
Heureux qui sur ces bords peut long-temps s'arrêter !
Heureux qui les revoit, s'il a pu les quitter !
Quel est ce voyageur que l'été leur renvoie,
Seul, loin dans la vallée, un bâton à la main ?
C'est un enfant... il marche, il suit le long chemin
  Qui va de France à la Savoie.
Bientôt de la colline il prend l'étroit sentier :
Il a mis ce matin la bure du dimanche,
  Et dans son sac de toile blanche
Est un pain de froment qu'il garde tout entier.
Pourquoi tant se hâter à sa course dernière ?
C'est que le pauvre enfant veut gravir le coteau,
Et ne point s'arrêter qu'il n'ait vu son hameau,
  Et n'ait reconnu sa chaumière.
Les voilà !... tels encor qu'il les a vus toujours,
Ces grands bois, ce ruisseau qui fuit sous le feuillage !
Il ne se souvient plus qu'il a marché dix jours :
  Il est si près de son village !
Tout joyeux il arrive et regarde... mais quoi !
Personne ne l'attend ! sa chaumière est fermée !
Pourtant du toit aigu sort un peu de fumée,
Et l'enfant plein de trouble : Ouvrez, dit-il, c'est moi.
La porte cède : il entre : et sa mère attendrie,
Sa mère, qu'un long mal près du foyer retient,
Se relève à moitié, tend les bras et s'écrie :
  N'est-ce pas mon fils qui revient ?
Son fils est dans ses bras qui pleure et qui l'appelle :
Je suis infirme, hélas ! Dieu m'afflige, dit-elle ;

Et depuis quelques jours je te l'ai fait savoir,
Car je ne voulais pas mourir sans te revoir.
Mais lui : De votre enfant vous étiez éloignée :
Le voilà qui revient ; ayez des jours contens ;
Vivez : je suis grandi, vous serez bien soignée ;
    Nous sommes riches pour long-temps.
Et les mains de l'enfant, des siennes détachées,
Jetaient sur ses genoux tout ce qu'il possédait,
Les trois pièces d'argent dans sa veste cachées,
Et le pain de froment que pour elle il gardait.
Sa mère l'embrassait et respirait à peine ;
Et son œil se fixait, de larmes obscurci,
    Sur un grand crucifix de chêne
Suspendu devant elle et par le temps noirci.
C'est lui, je le savais, le Dieu des pauvres mères
Et des petits enfans, qui du mien a pris soin ;
Lui, qui me consolait quand mes plaintes amères
    Appelaient mon fils de si loin.
C'est le Christ du foyer que les mères implorent,
Qui sauve nos enfans du froid et de la faim.
Nous gardons nos agneaux, et les loups les dévorent,
Nos fils s'en vont tout seuls… et reviennent enfin.
Toi, mon fils, maintenant me seras-tu fidèle ?
Ta pauvre mère infirme a besoin de secours ;
Elle mourrait sans toi. L'enfant, à ce discours,
Grave, et joignant ses mains, tombe à genoux près d'elle.
Disant : Que le bon Dieu vous fasse de longs jours !
            (ALEX. GUIRAUD.)

LES PETITS ORPHELINS.

L'hiver glace les champs, les beaux jours sont passés.
    Malheur au pauvre sans demeure !
    Loin des secours il faut qu'il meure :
Comme les champs alors tous les cœurs sont glacés.
De l'an renouvelé c'était la nuit première ;
Les mortels, revenant de la fête du jour,
    Hâtaient leur joie et leur retour ;
Même un peu de bonheur visitait la chaumière.
    Au seuil d'une chapelle assis,
Deux enfans presque nus, et pâles de souffrance,
Appelaient des passans la sourde indifférence,
    Soupirant de tristes récits.
Une lampe à leurs pieds éclairait leurs alarmes,
    Et semblait supplier pour eux.
Le plus jeune, tremblant, chantait baigné de larmes ;
L'autre tendait sa main au refus des heureux.
Nous voici deux enfans, nous n'avons plus de mère :
Elle mourut hier en nous donnant son pain ;
    Elle dort où dort notre père.
Venez, nous avons froid, nous expirons de faim.
L'étranger nous a dit : Allez, j'ai ma famille,
    Est-ce vous que je dois nourrir ?
    Nous avons vu pleurer sa fille,
    Et pourtant nous allons mourir !
    Et sa voix touchante et plaintive
    Frappait les airs de cris perdus ;
La foule, sans les voir, s'échappait fugitive ;
    Et bientôt on ne passa plus.
    Ils frappaient à la porte sainte,

Car leur mère avait dit que Dieu n'oubliait pas.
Rien ne leur répondait que l'écho de l'enceinte,
    Rien ne venait que le trépas.
    La lampe n'était pas éteinte,
L'heure, d'un triste accent, vint soupirer minuit,
Au loin d'un char de fête on entendit le bruit,
    Mais on n'entendit plus de plainte.
    Vers l'église portant ses pas,
Un prêtre au jour naissant, allant à la prière,
Les voit, blanchis de neige et couchés sur la pierre,
Les appelle en pleurant..... Ils ne se lèvent pas.
Leur pauvre enfance, hélas! se tenait embrassée
Pour conserver sans doute un reste de chaleur;
Et le couple immobile, effrayant de pâleur
    Tendait encor sa main glacée.
Le plus grand, de son corps, couvrant l'autre à moitié,
Avait porté la main aux lèvres de son frère,
Comme pour arrêter l'inutile prière,
Comme pour l'avertir qu'il n'est plus de pitié.
Ils dorment pour toujours, et la lampe encor veille!
On les plaint : on sait mieux plaindre que secourir.
Vers eux de toute part les pleurs viennent s'offrir;
    Mais on ne venait pas la veille.

(BELMONTET.)

LA SOEUR GRISE.

J'ai laissé pour toujours la maison paternelle;
Mes jeunes sœurs pleuraient, ma pauvre mère aussi.
Oh! qu'un regret tardif me rendrait criminelle!
    Ne suis-je pas heureuse ici?

Ne m'abandonne pas, toi qui m'as appelée :
Dieu qui mourus pour nous, mon Dieu, je t'appartiens ;
     Et moi, qui console et soutiens,
     J'ai besoin d'être consolée.

Ignorante du monde avant de le quitter,
     Je ne le hais point, et peut-être
(Un mourant me la dit) j'aurais dû le connaître,
     Pour ne jamais le regretter.

Quand je me sens reprendre à sa joie éphémère,
     Faible encor du dernier adieu,
     J'embrasse ta croix, ô mon Dieu !
     Je n'embrasserai plus ma mère.

Souvenirs du bonheur, que voulez-vous de moi ?
Que vous sert de troubler ma retraite profonde ?
Et qu'ai-je à faire avec le monde,
Dont le nom seul, ici, doit me glacer d'effroi ?

Ici la charité remplit mes chastes heures.
Le malheureux bénit ma main qui le défend ;
Je nourris l'orphelin d'espérances meilleures ;
Ta servante, ô mon Dieu, dans ces tristes demeures,
Est l'enfant du vieillard, la mère de l'enfant.

Et tandis que mes sœurs à de nouvelles fêtes
     Vont peut-être se préparer,
Que des fleurs dont ma mère aimait à me parer,
     Elles ont couronné leurs têtes,
Moi, je veille et je prie, et ne dois point pleurer.

O de mes premiers jours images trop fidèles !
Mes songes quelquefois me rendent vos douceurs.
Ma bouche presse encor les lèvres maternelles,
Et même au bal joyeux je suis mes jeunes sœurs,
  Le front ceint de roses, comme elles.

  Vaine illusion d'un instant,
Dont le charme confus m'agite et me réveille !
Mais la cloche plaintive a frappé mon oreille :
A son lit de douleur le malade m'attend.

  Là, naguère, une pauvre fille
Me disait en pleurant : Dieu finit mes malheurs.
  J'étais orpheline, et je meurs
  Sans avoir connu ma famille.

Moi, j'ai quitté la mienne... et nous mêlions nos pleurs.
J'avais une famille, et pourtant je l'oublie ;
  Et mon cœur bat d'un noble orgueil,
Quand le pauvre a pressé de sa main affaiblie
Ma main qui doucement l'accompagne au cercueil.

Consolé par ma voix à son heure suprême,
Bien souvent le pécheur s'endort moins agité ;
Que dis-je ? le mourant me console lui-même
De ce monde si vain qu'avant lui j'ai quitté.

Et lorsque dans ses yeux une dernière flamme
Révèle un saint espoir, né d'une ardente foi,
Je recommande à Dieu de recevoir son âme,
  Au mourant de prier pour moi.

      (ALEX. GUIRAUD.)

        5.

POUR LES PAUVRES.

Dans vos fêtes d'hiver, riches, heureux du monde,
Quand le bal tournoyant de ses feux vous inonde,
Quand partout à l'entour de vos pas vous voyez
Briller et rayonner cristaux, miroirs, balustres,
Candélabres ardens, cercle étoilé des lustres,
Et la danse, et la joie au front des conviés ;
Tandis qu'un timbre d'or sonnant dans vos demeures
Vous change en joyeux chant la voix grave des heures ;
Oh ! songez-vous parfois que, de faim dévoré,
Peut-être un indigent dans les carrefours sombres
S'arrête, et voit danser vos lumineuses ombres
            Aux vitres du salon doré ?

Songez-vous qu'il est là sous le givre et la neige,
Ce père, sans travail, que la famine assiége ?
Et qu'il se dit tout bas : Pour un seul que de biens !
A son large festin que d'amis se récrient !
Ce riche est bien heureux, ses enfans lui sourient !
Rien que de leurs jouets que de pains pour les miens !
Et puis à votre fête il compare en son âme
Son foyer où jamais ne rayonne une flamme,
Ses enfans affamés, et leur mère en lambeaux,
Et sur un peu de paille étendue et muette,
L'aïeule, que l'hiver, hélas ! a déjà faite
            Assez froide pour le tombeau !

Car Dieu mit ces degrés aux fortunes humaines.
Les uns vont tout courbés sous le fardeau des peines ;

Au banquet du bonheur bien peu sont conviés.
Tous n'y sont point assis également à l'aise.
Une loi, qui d'en bas semble injuste et mauvaise,
Dit aux uns : *Jouissez !* aux autres : *Enviez !*
Cette pensée est sombre, amère, inexorable,
Et fermente en silence au cœur du misérable.
Riches, heureux du jour, qu'endort la volupté,
Que ce ne soit pas lui qui des mains vous arrache
Tous ces biens superflus où son regard s'attache ;
     Oh ! que ce soit la charité !

L'ardente charité que le pauvre idolâtre !
Mère de ceux pour qui la fortune est marâtre,
Qui relève et soutient ceux qu'on foule en passant,
Qui, lorsqu'il le faudra, se sacrifiant toute,
Comme le dieu martyr dont elle suit la route,
Dira : Buvez ! mangez ! c'est ma chair et mon sang.
Que ce soit elle, oh ! oui, riches ! que ce soit elle
Qui, bijoux, diamans, rubans, hochets, dentelle,
Perles, saphirs, joyaux toujours faux, toujours vains,
Pour nourrir l'indigent et pour sauver vos âmes,
Des bras de vos enfans et du sein de vos femmes
     Arrache tout à pleines mains !

Donnez, riches ! l'aumone est sœur de la prière.
Hélas ! quand un vieillard sur votre seuil de pierre,
Tout raidi par l'hiver, en vain tombe à genoux ;
Quand les petits enfans, les mains de froid rougies,
Ramassent sous vos pieds les miettes des orgies,
La face du Seigneur se détourne de vous.

Donnez, afin que Dieu, qui dote les familles,
Donne à vos fils la force et la grâce à vos filles;
Afin que votre vigne ait toujours un doux fruit;
Afin qu'un blé plus mûr fasse plier vos granges;
Afin d'être meilleurs; afin de voir les anges
    Passer dans vos rêves la nuit!

Donnez! il vient un jour où la terre nous laisse.
Vos aumônes là-haut vous font une richesse.
Donnez! afin qu'on dise : Il a pitié de nous !
Afin que l'indigent que glacent les tempêtes,
Que le pauvre qui souffre à côté de vos fêtes,
Au seuil de vos palais fixe un œil moins jaloux.
Donnez! pour être aimés du Dieu qui se fit homme,
Pour que le méchant même en s'inclinant vous nomme,
Pour que votre foyer soit calme et fraternel;
Donnez! afin qu'un jour, à votre heure dernière,
Contre tous vos péchés vous ayez la prière
    D'un mendiant puissant au Ciel!

                  (VICTOR HUGO.)

LA PAUVRE FILLE.

J'AI fui ce pénible sommeil
Qu'aucun songe heureux n'accompagne,
J'ai devancé sur la montagne
Les premiers rayons du soleil.

S'éveillant avec la nature,
Le jeune oiseau chantait sur l'aubépine en fleur;
Sa mère lui portait la douce nourriture......
Mes yeux se sont mouillés de pleurs.

Oh! pourquoi n'ai-je pas de mère?
Pourquoi ne suis-je pas semblable au jeune oiseau,
Dont le nid se balance aux branches de l'ormeau?
    Rien ne m'appartient sur la terre,
    Je n'ai pas même de berceau,
Et je suis un enfant trouvé sur une pierre,
    Devant l'église du hameau.

    Loin de mes parens exilée,
De leurs embrassemens j'ignore la douceur;
    Et les enfans de la vallée
    Ne m'appellent jamais leur sœur !
Je ne partage pas les jeux de la veillée;
    Jamais, sous un toit de feuillée,
Le joyeux laboureur ne m'invite à m'asseoir,
    Et de loin je vois sa famille,
    Autour du sarment qui pétille,
Chercher sur ses genoux les caresses du soir.
    Vers la chapelle hospitalière
    En pleurant j'adresse mes pas,
    La seule demeure ici-bas
    Où je ne sois point étrangère,
La seule devant moi qui ne se ferme pas !

    Souvent je contemple la pierre
    Où commencèrent mes douleurs;
    J'y cherche la trace des pleurs
Qu'en m'y laissant, peut-être y répandit ma mère.

    Souvent aussi mes pas errans
Parcourent des tombeaux l'asile solitaire;
Mais pour moi les tombeaux sont tous indifférens,

La pauvre fille est sans parens,
Au milieu des cercueils ainsi que sur la terre !

J'ai pleuré quatorze printemps
Loin des bras qui m'ont repoussée ;
Reviens, ma mère, je t'attends,
Sur la pierre où tu m'as laissée.

(SOUMET.)

LE CONVOI D'UN ENFANT.

Un jour que j'étais en voyage
Près de ce clos qu'un mur défend,
Je vis deux hommes du village
Qui portaient un cercueil d'enfant.

Une femme marchait derrière,
Qui pleurait, et disait tout bas
Une lente et triste prière,
Celle qu'on dit lors d'un trépas.

Point de parens, point de famille !
Je ne vis, le long du chemin,
Qu'une pauvre petite fille
Cachant des larmes sous sa main.

Elle suivait la longue allée
Qui conduit au champ du repos,
Et paraissait bien désolée,
Et dévorait bien des sanglots.

Ainsi marchant, quand il passèrent
Au pied de ce grand peuplier,

Ceux qui travaillaient s'arrêtèrent,
Et je les vis s'agenouiller,

Prier le Ciel pour la jeune âme,
Faire le signe de la croix,
Et quand passa la pauvre femme
Se détourner tous à la fois !

Cependant inclinant la tête,
Au cimetière on arriva.
Une fosse ouverte était prête ;
Alors un homme dit : C'est là.

Et la fosse n'étant plus vide,
On y poussa la terre... Et puis
Je ne vis plus qu'un tertre humide,
Avec une branche de buis.

Et comme la petite fille,
S'en allant, passa près de moi,
Je l'arrêtai par sa mantille :
Tu pleures, mon enfant, pourquoi ?

Monsieur, c'est que Julien, dit-elle,
Mon petit camarade est mort !
Et voilant sa noire prunelle,
La pauvrette pleura plus fort.

(Dovalle.)

LE CHRÉTIEN MOURANT.

Qu'entends-je ? autour de moi l'airain sacré résonne !
Quelle foule pieuse en pleurant m'environne ?

Pour qui ce chant funèbre et ce pâle flambeau?
O mort ! est-ce ta voix qui frappe mon oreille
Pour la dernière fois ? Eh quoi! je me réveille
      Sur le bord du tombeau!

O toi ! d'un feu divin précieuse étincelle,
De ce corps périssable habitante immortelle,
Dissipe ces terreurs : la mort vient t'affranchir !
Prends ton vol, ô mon âme ! et dépouille tes chaînes.
Déposer le fardeau des misères humaines,
      Est-ce donc là mourir?

Oui, le temps a cessé de mesurer mes heures.
Messagers rayonnans des célestes demeures,
Dans quels palais nouveaux allez-vous me ravir?
Déjà, déjà je nage en des flots de lumière,
L'espace devant moi s'agrandit, et la terre
      Sous mes pieds semble fuir!

Mais qu'entends-je? au moment où mon âme s'éveille,
Des soupirs, des sanglots ont frappé mon oreille !
Compagnons de l'exil, quoi! vous pleurez ma mort?
Vous pleurez! et déjà dans la coupe sacrée
J'ai bu l'oubli des maux, et mon âme enivrée
      Entre au céleste port!

                   (LAMARTINE.)

A UN JEUNE INCRÉDULE.

Du doute importun qui t'agite,
Sur la foi qui nous est prescrite,
Je voudrais dégager ton cœur.

Mais malgré l'ardeur qui m'excite,
Du soin d'instruire un prosélyte
M'acquitterai-je avec honneur ?
Sur cette importante matière
Ma connaissance est trop légère,
Pour me flatter de ce bonheur.
Autant qu'il est en ma puissance,
Je vais pourtant te conseiller ;
Sincèrement, et comme il pense,
Mon cœur ici va te parler.
Le zèle outré du fanatisme
N'a jamais troublé mes esprits ;
Tout ce qui sent le cagotisme
N'excite en moi que du mépris.
Je ne suis pas non plus du nombre
De ces sceptiques entêtés
Dont la doctrine vaine et sombre
Se refuse à des vérités.
Sans approfondir des mystères
Que je révère infiniment,
A nos docteurs, à leurs lumières
J'assujettis mon sentiment,
Et dans le sentier de mes pères
Je sais marcher tout uniment.
Ainsi d'une âme très soumise,
Je crois tout ce que croit l'Église ;
Mais pour resserrer le lien
Qui m'attache à cette loi sage,
Voilà, cher Timandre, un moyen
Que ma raison met en usage,
Et dont je me trouve assez bien.

6.

Sur la différente conduite
De l'incrédule et du croyant,
Souvent en secret je médite ;
Leur comparaison me profite,
Et je m'éclaire en la voyant.
De la foi solide et constante,
De la soumission prudente
De l'homme qui vit en chrétien,
Je vois n'arriver que du bien.
Du désordre affreux où se plonge
Celui qui traite de mensonge
Notre texte saint et moral,
Je vois n'arriver que du mal.
D'un côté, je vois la folie,
La malice, l'iniquité,
L'imposture, la perfidie,
L'orgueil et l'inhumanité.
J'aperçois de l'autre côté,
Des mœurs et des maximes pures,
La sagesse, la probité,
L'oubli, le pardon des injures,
La douceur et l'humanité.
Il ne faut pas qu'un long usage
Nous ait appris à nous guider,
Pour voir à quoi notre suffrage
Doit en pareil cas s'accorder,
Et pour le parti le plus sage,
Un coup-d'œil doit nous décider.

(PANARD.)

A LA BIENFAISANCE.

Déesse, idole du vulgaire,
Toi qui, reine de l'univers,
Toujours redoutable et légère,
Donnes des sceptres et des fers,
Le peuple, ébloui des richesses,
Envie à ceux que tu caresses
Des biens trop souvent dangereux.
A tous ces grands le cœur du sage
Envie un plus noble avantage :
Ils peuvent faire des heureux.

Bienfaisance, ô vertu sacrée,
Noble attribut des immortels !
Pour toi, l'homme, aux beaux jours d'Astrée,
Eleva les premiers autels.
Dans ce soleil dont l'influence
De nos fruits mûrit la semence,
C'est toi que l'homme révérait ;
Dans tous ces globes de lumière,
Qui suivent pour nous leur carrière,
C'est toi seule qu'il adorait.

De ce Dieu dont la main puissante
Soutient notre fragilité,
La voix ineffable et touchante
M'annonce la divinité.
S'il ne se montrait à la terre
Qu'au bruit affreux de son tonnerre,
Armé de ses flèches de feu ;

A ces traits je pourrais connaître
L'arbitre du monde et mon maître :
Je chercherais encore un Dieu.

La nature, prudente et sage,
Unit tous les hommes entre eux;
Ta main confirmant son ouvrage,
Resserre ces utiles nœuds :
C'est toi dont le charme nous lie
A nos maîtres, à la patrie,
Aux auteurs mêmes de nos jours;
C'est toi dont la vertu féconde
Réunit l'un et l'autre monde
Par un commerce de secours.

Des fortunes, à ta présence,
Disparaît l'inégalité ;
Par toi les biens de l'opulence
Sont les biens de la pauvreté;
Sans toi la puissance suprême,
Et la pompe et le diadème,
Brillent d'un éclat odieux;
Sans toi, sur ce globe où nous sommes,
Les rois sont les tyrans des hommes;
Ils sont par toi rivaux des dieux.

A ce monarque, ton image,
Qui nous dicte tes sages lois,
Sur nos respects et nos hommages
Tu donnes d'invincibles droits :
C'est toi, divine Bienfaisance,
Qui règles la juste puissance

Que le Ciel remit dans ses mains;
Il sait qu'un pouvoir légitime
Est le privilége sublime
D'être bienfaiteur des humains.

Que pour des âmes généreuses
Un droit si noble est précieux!
O vous, familles malheureuses,
Que la honte cache à nos yeux!
Mortels, mes semblables, mes frères,
Dans quel asile solitaire
Allez-vous cacher vos douleurs?
Heureux qui finit vos alarmes!
La gloire d'essuyer vos larmes
Vaut tous les lauriers des vainqueurs.

Ah! malgré vous mon cœur avide
Va trouver votre affreux réduit.
J'y vole; la Pitié me guide,
Son flambeau sacré me conduit.
Je perce ces tristes ténèbres,
Je découvre ces lieux funèbres...
O grands! brillez dans vos palais,
Asservissez la terre entière;
Sur le pauvre, dans sa chaumière,
Je vais régner par mes bienfaits.

Viens, je t'offre un bras secourable;
Viens, malgré tes destins jaloux,
Revis, famille déplorable...
Quoi! tu tombes à mes genoux!
Tes yeux, éteints par la tristesse,

Versent des larmes de tendresse
Sur la main qui finit tes maux.
Tu crois voir un Dieu tutélaire :
Non ; je suis homme : à leur misère
Je viens arracher mes égaux.

Ne crains pas que mon âme altière,
S'armant d'un faste impérieux,
Offense ta pauvreté fière
Et souille mes dons à tes yeux.
Malheur au bienfaiteur sauvage
Qui veut forcer le libre hommage
Des cœurs que ses dons ont soumis,
Dont les bienfaits sont des entraves,
Qui veut acheter des esclaves,
Et non s'attacher des amis !

Oui, je hais la pitié farouche
D'un grand superbe et dédaigneux ;
Oui, le blasphème est dans sa bouche,
Lorsque l'orgueil est dans ses yeux.
Enflé d'une vaine arrogance,
Même en exerçant sa clémence,
Il aime à me faire trembler ;
Et lorsqu'il soutient ma faiblesse,
Son orgueil veut que je connaisse
Que son bras pouvait m'accabler.

Ainsi nous voyons sur nos têtes
Ces nuages noirs et brûlans
Qui portent les feux, les tempêtes
Et les orages dans leurs flancs ;

Tandis que sur nos champs arides
Ils versent ces torrens rapides
Qui vont au loin les arroser,
Armés des éclairs, du tonnerre,
Même en fertilisant la terre,
Ils menacent de l'embraser.

(DELILLE.)

A MON PETIT LOGIS.

Petit séjour commode et sain,
Où des arts et du luxe en vain
On chercherait quelque merveille ;
Humble asile où j'ai sous la main
Mon La Fontaine et mon Corneille,
Où je vis, m'endors et m'éveille
Sans aucun soin du lendemain,
Sans aucun remords de la veille ;
Retraite où j'habite avec moi,
Seul, sans désirs et sans emploi,
Libre de crainte et d'espérance ;
Enfin, après trois jours d'absence,
Je viens, j'accours, je t'aperçoi :
O mon lit ! ô ma maisonnette !
Chers témoins de ma paix secrète !
C'est vous, vous voilà ! je vous voi !
Qu'avec plaisir je vous répète :
Il n'est point de petit chez soi !

(DUCIS.)

A MON RUISSEAU.

Ruisseau peu connu, dont l'eau coule
Dans un lieu sauvage et couvert,
Oui, comme toi je crains la foule,
Comme toi j'aime le désert.

Ruisseau, sur ma peine passée
Fais rouler l'oubli des douleurs,
Et ne laisse dans ma pensée
Que la paix, des flots et des fleurs.

Le lis frais, l'humble marguerite,
Le rossignol chérit tes bords;
Déjà sous l'ombrage il médite
Son nid, sa flamme, et ses accords.

Près de toi, l'âme recueillie
Ne sait plus s'il est des pervers;
Ton flot pour la mélancolie
Se plaît à murmurer des vers.

Quand pourrai-je, aux jours de l'automne,
En suivant le cours de ton eau,
Entendre et le bois qui frissonne,
Et le cri plaintif du vanneau!

Que j'aime cette église antique,
Ces murs que la flamme a couverts,
Et l'oraison mélancolique
Dont la cloche attendrit les airs!

Par une mère qui chemine
Ses sons lointains sont écoutés;

Sa petite Annette s'incline,
Et dit *amen* à ses côtés.

Jadis, chez des vierges austères,
J'ai vu quelques ruisseaux cloîtrés
Rouler leurs ondes solitaires
Dans des clos à Dieu consacrés.

Leurs flots si purs, avec mystère
Serpentaient dans ces chastes lieux
Où ces beaux anges de la terre
Foulaient des prés bénis des Cieux.

Mon humble ruisseau, par ta fuite
(Nous vivons, hélas! peu d'instans),
Fais souvent penser ton ermite,
Avec fruit, au fleuve du temps.

(Ducis.)

UN MALHEUREUX A SON CHIEN.

De mon réduit gardien sûr et fidèle,
Toi dont les soins ont pour moi tant de prix,
Toi, des amis parfaits le plus parfait modèle,
Médor, c'est à toi que j'écris.
Des biens que m'enleva la fortune inhumaine
Quand tu me restes seul pour adoucir ma peine,
Je te dois ce tribut : du sein de la douleur,
Ecrire à l'amitié, c'est rêver le bonheur.

Il fut un temps, Médor, où l'opulence
Autour de ton maître adoré
Semait le faste et l'abondance.

7

D'un peuple de valets je marchais entouré ;
Des mets les plus exquis ma table était couverte :
Chez moi tout respirait l'éclat et les grandeurs ;
Et, comme à tout venant ma bourse était ouverte,
 Je ne manquais pas d'emprunteurs.
A la ville aujourd'hui, demain à la campagne,
  Parmi les festins et les jeux,
  Ma main dans le cristal fumeux
  Faisait pétiller le champagne.
On me trouvait charmant, on citait mes bons mots,
Tous mes jours se marquaient par des plaisirs nouveaux.
Je n'avais qu'à vouloir ; dispensateur des grâces,
Je donnais à mon gré les emplois et les places.
 Je ne pouvais former un seul désir
Sans trouver des amis ardens à le saisir.
  De tous côtés une cohorte
  De protégés et de flatteurs,
  Pour obtenir quelques faveurs,
  Nuit et jour assiégeait ma porte.
Et (tant chez les humains, malgré leur vanité,
La bassesse est toujours auprès de la fierté !)
  Pour être inscrit sur mes tablettes,
Il t'en souvient, Médor, on te faisait la cour :
  Les riches, les puissans du jour,
Ne t'abordaient jamais sans t'offrir des gimblettes.
Si parfois avec toi dans nos cercles brillans,
  Sans trop déroger à l'usage,
  J'allais passer quelques instans,
La porte à notre aspect s'ouvrait à deux battans ;
Et tandis qu'à longs traits enivré de l'hommage
Je savourais l'encens que je me croyais dû,

Sur un riche coussin mollement étendu,
Médor, à mes côtés, semblait un personnage.
    Ah ! combien les temps ont changé !
    Aujourd'hui ton malheureux maître,
De protecteur devenu protégé,
    Chaque jour se voit méconnaître.
    Depuis que le cruel destin,
    Qui des faibles mortels se joue,
    Sans nul espoir de lendemain,
    M'a mis au plus bas de sa roue,
Aux regards d'un proscrit de sa grandeur déchu,
    Adulateurs faux et perfides,
    Amis, valets, parens avides,
    Ainsi qu'une ombre ont disparu :
    Je ne vois que des cœurs de glace
    Profanant le nom d'amitié ;
    L'estime au mépris a fait place,
    Et le respect à la pitié.
D'un être infortuné qu'un sort aveugle immole,
    Pour eux le malheur est un jeu ;
    L'ambition est leur idole,
    Et l'intérêt seul est leur dieu.
    Ceux même qui, pour m'être utiles,
    Quand je n'avais besoin de rien,
    Auraient, adorateurs serviles,
    Et de leur temps et de leur bien
    Fait sans effort le sacrifice,
Avec plaisir semblent m'humilier.
Pour réclamer quelque léger service,
    Vais-je, en tremblant, les supplier ?
    Au mois de juin comme en décembre,

On me reçoit dans l'antichambre,
Et tu restes sur l'escalier.
Mais pourquoi me plaindre des hommes?
Au sort commun je suis soumis :
En tout temps, en tout lieu, comme au siècle où nous sommes,
La fortune, en fuyant, emporta les amis.
Il en est cependant de vrais et de fidèles,
On le dit, je le crois; d'autres l'ont éprouvé.
Mais, en souffrant du sort les atteintes cruelles,
Doublement malheureux, je n'en ai point trouvé.
Que dis-je? Ah! bon Médor, pardonne.
Aigri par les revers, trop prompt à m'affliger,
A l'aspect des ingrats lorsque mon sang bouillonne,
Puis-je, ingrat à mon tour, à ce point t'outrager?
Oh! non... Sans répandre des larmes,
Je ne me souviendrai jamais
Du jour affreux et plein de charmes
Où d'un prix si touchant tu payas mes bienfaits.
Pour un emploi d'assez faible importance,
Dont son appui me promettait le don,
Un favori de la puissance
Me parut de Médor souhaiter l'abandon.
Solliciteur encor novice,
Je voulais m'épargner ce triste sacrifice;
Mais enfin mon esprit flottait irrésolu :
Le vœu d'un homme en place est un ordre absolu.
Aussi, soit crainte de déplaire,
Soit besoin de crédit, soit espoir de faveur,
Soit aveuglement, soit terreur,
Pour un bienfait douteux donnant un vrai salaire,
Je cédai... Mais, hélas! dans le fond de mon cœur

Il se prolonge encor, cet accent de douleur,
Ce long gémissement que Médor fit entendre,
   Quand le désespoir dans les yeux,
   Seul, je m'éloignais de ces lieux
  Où des amis je laissais le plus tendre :
   De quel trait je fus déchiré,
   Quand, prêt à franchir la barrière,
Je vis des pleurs amers sillonner ta paupière !
D'un sentiment plaintif ton regard pénétré
Semblait me dire : Eh quoi ! ta rigueur m'abandonne !
Peux-tu bien sans frémir te séparer de moi ?
   Si tu m'exiles loin de toi,
Malheureux, pour t'aimer tu n'auras plus personne !...
Par cette affreuse idée, interdit, attéré,
De ce funeste lieu je sors désespéré ;
Je fuis... Mais, le dirai-je ? un fardeau plus pénible,
En pesant sur mon cœur, vient l'accabler encor.
Je connaissais Médor, bon, fidèle, sensible ;
Mais l'aisance bientôt aura séduit Médor :
   De la détresse à l'abondance
Il a trop, près de moi, mesuré la distance.
   Au milieu des festins nombreux,
   Des mets exquis et savoureux
Que va lui prodiguer la superbe opulence,
Pourra-t-il regretter le pain de l'indigence ?
Je porterai vers lui des regards superflus ;
Dans une heure Médor ne me connaîtra plus.
   Errant au hasard par la ville,
Sans pouvoir échapper au chagrin qui me suit,
Succombant sous l'effort d'une marche inutile,
A mon réduit obscur j'arrive avec la nuit.

                 7.

Tout à coup, avec violence,
Par un bras inconnu je me vois assailli ;
D'une secrète horreur mes sens ont tressailli ;
J'étais sans armes, sans défense :
Je résiste pourtant ; mais dans l'ombre surpris,
Je ne pouvais parer l'atteinte meurtrière,
Quand soudain un vengeur, attiré par mes cris,
A mon lâche ennemi fait mordre la poussière...
C'était Médor... qui dédaignant des biens
Dont l'affluence l'importune,
Pour partager mon infortune,
En ami généreux a brisé ses liens.
Oh ! qui peindra jamais ces transports, cette ivresse,
Ces élans d'un plaisir vivement éprouvé,
Dont, heureux de me voir, fier de m'avoir sauvé,
Tu laissas éclater la touchante allégresse !
Non... quand les biens que j'ai perdus,
Quand les honneurs et l'opulence,
Et le crédit et la puissance,
Par un retour soudain m'eussent été rendus,
J'aurais eu moins de jouissance.
C'en est fait ; je renonce à des vœux superflus,
Je renonce aux beaux jours dont j'entrevis l'aurore,
Si, pour les obtenir, il faut te perdre encore.
Non... Médor désormais ne me quittera plus.
De l'éloigner de moi je serais trop coupable :
Quel trésor peut valoir un ami véritable ?

(LÉGER.)

A MON HABIT.

Ah ! mon habit, que je vous remercie !
Que je valus hier, grâce à votre valeur !
  Je me connais ; et plus je m'apprécie,
  Plus j'entrevois qu'il faut que mon tailleur
    Par une secrète magie,
Ait caché dans vos plis un talisman vainqueur,
Capable de gagner et l'esprit et le cœur.
Dans ce cercle nombreux de bonne compagnie
Quels honneurs je reçus ! Quels égards ! Quel accueil !
Auprès de la maîtresse, et dans un grand fauteuil,
Je ne vis que des yeux toujours prêts à sourire :
J'eus le droit d'y parler, et parler sans rien dire.
    Cette femme à grand falbala
  Me consulta sur l'air de son visage ;
    Un blondin, sur un mot d'usage ;
    Un robin, sur des opéra.
Ce que je décidai fut le *nec plus ultrà* ;
On applaudit à tout : j'avais tant de génie !
  Ah ! mon habit, que je vous remercie !
    C'est vous qui me valez cela.
  De complimens, bons pour une maîtresse,
    Un petit-maître m'accabla,
    Et, pour m'expliquer sa tendresse,
Dans ses propos guindés me dit tout *Angola*.
Ce marquis, autrefois mon ami de collège,
Me reconnut enfin, et, du premier coup-d'œil,
    Il m'accorda, par privilège,
Un tendre embrassement qu'approuvait son orgueil.

Ce qu'une liaison dès l'enfance établie,
Ma probité, des mœurs que rien ne dérégla,
    N'eussent obtenu de ma vie,
    Votre aspect seul me l'attira.
  Ah ! mon habit, que je vous remercie !
     C'est vous qui me valez cela.
     Mais ma surprise fut extrême ;
     Je m'aperçus que sur moi-même
     Le charme sans doute opérait :
     J'entrais jadis d'un air discret;
Ensuite, suspendu sur le bord de ma chaise,
J'écoutais en silence, et ne me permettais
    Le moindre *si* , le moindre *mais* :
Avec moi tout le monde était fort à son aise,
     Et moi je ne l'étais jamais;
     Un rien aurait pu me confondre;
     Un regard : tout m'était fatal;
     Je ne parlais que pour répondre,
     Je parlais bas, je parlais mal :
Un sot provincial, arrivé par le coche,
Eût été moins que moi tourmenté dans sa peau;
   Je me mouchais presque au bord de ma poche,
     J'éternuais dans mon chapeau;
On pouvait me priver, sans aucune indécence,
   De ce salut par l'usage introduit;
     Il n'en coûtait de révérence
     Qu'à quelqu'un trompé par le bruit.
     Mais à présent, mon cher habit,
Tout est de mon ressort; les airs , la suffisance,
Et ces tons décidés qu'on prend pour de l'aisance,
    Deviennent mes tons favoris :

Est-ce ma faute à moi, puisqu'ils sont applaudis?
   Dieu ! quel bonheur pour moi, pour cette étoffe,
De ne point habiter ce pays limitrophe
   Des conquêtes de notre roi !
   Dans la Hollande il est une autre loi :
En vain j'étalerais ce galon qu'on renomme,
En vain j'exalterais sa valeur, son débit :
   Ici, l'habit fait valoir l'homme ;
   Là, l'homme fait valoir l'habit.
Mais chez nous, peuple aimable où les grâces, l'esprit,
   Brillent à présent dans leur force,
L'arbre n'est point jugé sur ses fleurs ou son fruit;
   On le juge sur son écorce.

                     (SEDAINE.)

A MON ESPRIT.

C'EST à vous, mon esprit, à qui je veux parler;
Vous avez des défauts que je ne puis céler.
Assez et trop long-temps ma lâche complaisance
De vos jeux criminels a nourri l'insolence.
Mais puisque vous poussez ma patience à bout,
Une fois en ma vie il faut vous dire tout.
On croirait à vous voir dans vos libres caprices,
Discourir en Caton des vertus et des vices,
Décider du mérite et du prix des auteurs,
Et faire impunément la leçon aux docteurs,
   Qu'étant seul à couvert des traits de la satire,
Vous avez tout pouvoir de parler et d'écrire.
Mais moi, qui dans le fond sais bien ce que j'en crois,
Qui compte tous les jours vos défauts par mes doigts,

Je ris, quand je vous vois si faible et si stérile,
Prendre sur vous le soin de réformer la ville,
Dans vos discours chagrins plus aigre et plus mordant
Qu'une femme en furie, ou Gautier en plaidant.

Mais répondez un peu. Quelle verve indiscrète
Sans l'aveu des neuf sœurs vous a rendu poète?
Sentiez-vous, dites-moi, ces violens transports,
Qui d'un esprit divin fait mouvoir les ressorts?
Qui vous a pu souffler une si folle audace?
Phébus a-t-il pour vous aplani le Parnasse?
Et ne savez-vous pas que, sur ce mont sacré,
Qui ne vole au sommet tombe au plus bas degré?...
Mais je veux que le sort, par un heureux caprice,
Fasse de vos écrits prospérer la malice,
Et qu'enfin votre livre aille, au gré de vos vœux,
Faire siffler Cotin chez nos derniers neveux :
Que vous sert-il qu'un jour l'avenir vous estime,
Si vos vers aujourd'hui vous tiennent lieu de crime,
Et ne produisent rien, pour fruits de leurs bons mots,
Que l'effroi du public et la haine des sots?...
Le tombeau contre nous ne peut-il les défendre?
Et qu'ont fait tant d'auteurs pour remuer leur cendre?
Que vous ont fait Perrin, Bardin, Pradon, Hainaut,
Colletet, Pelletier, Titreville, Quinaut,
Dont les noms en cent lieux, placés comme en leurs niches,
Vont de vos vers malins remplir les hémistiches?
Ce qu'ils font vous ennuie. Oh! le plaisant détour!
Ils ont bien ennuyé le roi, toute la cour,
Sans que le moindre édit ait, pour punir leur crime,
Retranché les auteurs, ou supprimé la rime.

Ecrive qui voudra. Chacun à ce métier
Peut perdre impunément de l'encre et du papier.....
Vous ferez-vous toujours des affaires nouvelles?
Et faudra-t-il sans cesse essuyer des querelles?
N'entendrai-je qu'auteurs se plaindre et murmurer?
Jusqu'à quand vos fureurs doivent-elles durer?
Répondez, mon esprit, ce n'est plus raillerie;
Dites.... Mais, direz-vous, pourquoi cette furie?
Quoi! pour un maigre auteur que je glose en passant,
Est-ce un crime après tout, et si noir et si grand?
Et qui, voyant un fat s'applaudir d'un ouvrage
Où la droite raison trébuche à chaque page,
Ne s'écrie aussitôt : L'impertinent auteur!
L'ennuyeux écrivain! le maudit traducteur!
A quoi bon mettre au jour tous ces discours frivoles,
Et ces riens enfermés dans de grandes paroles!
Est-ce donc là médire, ou parler franchement?
Non, non, la médisance y va plus doucement....
Un esprit né sans fard, sans basse complaisance,
Fuit ce ton radouci que prend la médisance.
Mais de blâmer des vers, ou durs, ou languissans,
De choquer un auteur qui choque le bon sens;
De railler d'un plaisant qui ne sait pas nous plaire,
C'est ce que tout lecteur eut toujours droit de faire....
Il n'est valet d'auteur, ni copiste à Paris,
Qui, la balance en main, ne pèse les écrits.
Dès que l'impression fait éclore un poète,
Il est esclave-né de quiconque l'achète :
Il se soumet lui-même au caprice d'autrui,
Et ses écrits tout seuls doivent parler pour lui.
Un auteur à genoux, dans une humble préface,

Au lecteur, qu'il ennuie, a beau demander grâce ;
Il ne gagnera rien sur ce juge irrité,
Qui lui fait son procès de pleine autorité.

Et je serai le seul qui ne pourrai rien dire !
On sera ridicule, et je n'oserai rire !
Et qu'ont produit mes vers de si pernicieux,
Pour armer contre moi tant d'auteurs furieux?
Loin de les décrier, je les ai fait paraître ;
Et souvent, sans ces vers qui les ont fait connaître,
Leur talent dans l'oubli demeurerait caché.
Et qui saurait sans moi que Cotin a prêché?
La satire ne sert qu'à rendre un fat illustre.
C'est une ombre au tableau, qui lui donne du lustre.
En les blâmant enfin, j'ai dit ce que j'en croi,
Et tel qui m'en reprend, en pense autant que moi.
Il a tort, dira l'un ; pourquoi faut-il qu'il nomme?
Attaquer Chapelain ! Ah ! c'est un si bon homme !
Balzac en fait l'éloge en cent endroits divers.
Il est vrai, s'il m'eût cru, qu'il n'eût point fait de vers.
Il se tue à rimer : que n'écrit-il en prose ?
Voilà ce que l'on dit. Et que dis-je autre chose?
En blâmant ses écrits, ai-je d'un style affreux
Distillé sur sa vie un venin dangereux?
Ma muse en l'attaquant, charitable et discrète,
Sait de l'homme d'honneur distinguer le poète.
Qu'on vante en lui la foi, l'honneur, la probité ;
Qu'on prise sa candeur et sa civilité ;
Qu'il soit doux, complaisant, officieux, sincère,
On le veut, j'y souscris, et suis prêt à me taire.
Mais que pour un modèle on montre ses écrits ;

Qu'il soit le mieux renté de tous les beaux esprits ;
Comme roi des auteurs qu'on l'élève à l'empire :
Ma bile alors s'échauffe, et je brûle d'écrire ;
Et s'il ne m'est permis de le dire au papier,
J'irai creuser la terre, et, comme ce barbier,
Faire dire aux roseaux par un nouvel organe :
Midas, le roi Midas a des oreilles d'âne.
Quel tort lui fais-je enfin? ai-je par un écrit
Pétrifié sa veine, et glacé son esprit?
Quand un livre au palais se vend et se débite,
Que chacun par ses yeux juge de son mérite,
Que Bilaine l'étale au deuxième pilier,
Le dégoût d'un censeur peut-il le décrier?
En vain contre le Cid un ministre se ligue ;
Tout Paris pour Chimène a les yeux de Rodrigue :
L'académie en corps a beau le censurer,
Le public révolté s'obstine à l'admirer.
Mais lorsque Chapelain met un œuvre en lumière,
Chaque lecteur d'abord lui devient un Linière.
En vain il a reçu l'encens de mille auteurs ;
Son livre en paraissant dément tous ses flatteurs.

(BOILEAU.)

AVANTAGE DE SERVIR DIEU.

O BIENHEUREUX mille fois
L'enfant que le Seigneur aime,
Qui de bonne heure entend sa voix,
Et que ce Dieu daigne instruire lui-même !
Loin du monde élevé, de tous les dons des Cieux
Il est orné dès sa naissance ;

8

Et du méchant l'abord contagieux
N'altère point son innocence.

Heureuse, heureuse l'enfance
Que le Seigneur instruit et prend sous sa défense!
Tel en un secret vallon,
Sur le bord d'une onde pure,
Croît à l'abri de l'aquilon,
Un jeune lis, l'amour de la nature.
Heureux, heureux mille fois
Celui que le Seigneur rend docile à ses lois!

Mon Dieu! qu'une vertu naissante,
Parmi tant de périls marche à pas incertains !
Qu'une âme qui te cherche, et veut être innocente,
Trouve d'obstacle à ses desseins !
Que d'ennemis lui font la guerre !
Où se peuvent cacher tes saints?
Les pécheurs couvrent la terre.

Que ma bouche et mon cœur, et tout ce que je suis,
Rendent honneur au Dieu qui m'a donné la vie !
Dans les craintes, dans les ennuis,
En ses bontés mon âme se confie.
Veut-il par mon trépas que je le glorifie?
Que ma bouche et mon cœur, et tout ce que je suis,
Rendent honneur au Dieu qui m'a donné la vie.

Je n'admirai jamais la gloire de l'impie.
Au bonheur du méchant qu'un autre porte envie.
Tous ses jours paraissent charmans.

L'or éclate en ses vêtemens.
Son orgueil est sans borne, ainsi que sa richesse.
Jamais l'air n'est troublé de ses gémissemens.
Il s'endort, il s'éveille au son des instrumens;
    Son cœur nage dans la mollesse.
    Pour comble de prospérité,
Il espère revivre en sa postérité,
Et d'enfans à sa table une riante troupe
Semble boire avec lui la joie à pleine coupe.

    Heureux, dit-on, le peuple florissant
    Sur qui ces biens coulent en abondance!
    Plus heureux le peuple innocent,
Qui dans le Dieu du Ciel a mis sa confiance!
    Pour contenter ses frivoles désirs,
    L'homme insensé vainement se consume.
      Il trouve l'amertume
      Au milieu des plaisirs.
Le bonheur de l'impie est toujours agité;
Il erre à la merci de sa propre inconstance.
    Ne cherchons la félicité
    Que dans la paix de l'innocence.

      O douce paix!
      O lumière éternelle!
      Beauté toujours nouvelle!
    Heureux le cœur épris de tes attraits!
      O douce paix!
      O lumière éternelle!
    Heureux le cœur qui ne te perd jamais!
Nulle paix pour l'impie; il la cherche, elle fuit;

Et le calme en son cœur ne trouve point de place.
  Le glaive au-dehors le poursuit ;
  Le remords au-dedans le glace.
La gloire des méchans en un moment s'éteint.
  L'affreux tombeau pour jamais les dévore.
Il n'en est pas ainsi pour celui qui te craint ;
Il renaîtra, mon Dieu ! plus brillant que l'aurore.
   O douce paix !
Heureux le cœur qui ne te perd jamais !

Combien de temps, Seigneur, combien de temps encore
Verrons-nous contre toi les méchans s'élever ?
Jusque dans ton saint temple ils viennent te braver ;
Ils traitent d'insensé le peuple qui t'adore.
Combien de temps, Seigneur, combien de temps encore
Verrons-nous contre toi les méchans s'élever ?

Que vous sert, disent-ils, cette vertu sauvage ?
  De tant de plaisirs si doux
  Pourquoi fuyez-vous l'usage ?
  Votre Dieu ne fait rien pour vous.
 Rions, chantons, dit cette troupe impie ;
 De fleurs en fleurs, de plaisirs en plaisirs
  Promenons nos désirs.
 Sur l'avenir insensé qui se fie !
De nos ans passagers le nombre est incertain,
Hâtons-nous aujourd'hui de jouir de la vie ;
  Qui sait si nous serons demain ?

Qu'ils pleurent, ô mon Dieu ! qu'ils frémissent de crainte,
 Ces malheureux qui de ta cité sainte

Ne verront point l'éternelle splendeur !
C'est à nous de chanter, nous à qui tu révèles
    Tes clartés immortelles ;
C'est à nous de chanter tes dons et ta grandeur.

De tous ces vains plaisirs où leur âme se plonge,
Que leur restera-t-il ? Ce qui reste d'un songe
    Dont on a reconnu l'erreur.
    A leur réveil (ô réveil plein d'horreur !),
    Pendant que le pauvre à ta table
Goûtera de ta paix la douceur ineffable,
Ils boiront dans la coupe affreuse, inépuisable
Que tu présenteras au jour de ta fureur
    A toute la race coupable !
        O réveil plein d'horreur !
        O songe peu durable !
        O dangereuse erreur !

                                (J. RACINE.)

LOUANGES DE L'ÉTERNEL.

Tout l'univers est plein de sa magnificence :
Qu'on l'adore, ce Dieu ; qu'on l'invoque à jamais :
Son empire a des temps précédé la naissance ;
    Chantons, publions ses bienfaits.

        En vain l'injuste violence
Au peuple qui le loue imposerait silence !
        Son nom ne périra jamais.
Le jour annonce au jour sa gloire et sa puissance ;
Tout l'univers est plein de sa magnificence :
    Chantons, publions ses bienfaits.

                                8.

Il donne aux fleurs leur aimable peinture ;
    Il fait naître et mûrir les fruits :
    Il leur dispense avec mesure
Et la chaleur des jours et la fraîcheur des nuits :
Le champ qui les reçut les rend avec usure.
Il commande au soleil d'animer la nature,
    Et la lumière est un don de ses mains ;
    Mais sa loi sainte, sa loi pure
Est le plus riche don qu'il ait fait aux humains.

    O divine, ô charmante loi !
Que de raisons, quelle douceur extrême
D'engager à ce Dieu son amour et sa foi !
Vous qui ne connaissez qu'une crainte servile,
Ingrats ! un Dieu si bon ne peut-il vous charmer ?
Est-il donc à vos cœurs, est-il si difficile
    Et si pénible de l'aimer ?

    L'esclave craint le tyran qui l'outrage ;
    Mais des enfans l'amour est le partage ;
Vous voulez que ce Dieu vous comble de bienfaits,
    Et ne l'aimer jamais !
    O divine, ô charmante loi !
    O justice ! ô bonté suprême !
Que de raisons, quelle douceur extrême.
D'engager à ce Dieu son amour et sa foi !

                  (J. RACINE.)

HYMNE DE L'ENFANT A SON RÉVEIL.

O PÈRE qu'adore mon père !
Toi qu'on ne nomme qu'à genoux !

Toi dont le nom terrible et doux
Fait courber le front de ma mère!

On dit que ce brillant soleil
N'est qu'un jouet de ta puissance,
Que sous tes pieds il se balance
Comme une lampe de vermeil.

On dit que c'est toi qui fais naître
Les petits oiseaux dans les champs,
Et qui donne aux petits enfans
Une âme aussi pour te connaître.

On dit que c'est toi qui produis
Les fleurs dont le jardin se pare;
Et que sans toi, toujours avare,
Le verger n'aurait point de fruits.

Aux dons que ta bonté mesure
Tout l'univers est convié;
Nul insecte n'est oublié
A ce festin de la nature.

L'agneau broute le serpolet;
La chèvre s'attache au cytise;
La mouche, au bord du vase, puise
Les blanches gouttes de mon lait!

L'alouette a la graine amère
Que laisse envoler le glaneur;
Le passereau suit le vanneur,
Et l'enfant s'attache à sa mère.

Et pour obtenir chaque don
Que chaque jour tu fais éclore,

A midi, le soir, à l'aurore,
Que faut-il ? prononcer ton nom?

O Dieu! ma bouche balbutie
Ce nom des anges redouté.
Un enfant même est écouté,
Dans le cœur qui te glorifie!

On dit qu'il aime à recevoir
Les vœux présentés par l'enfance,
A cause de cette innocence
Que nous avons sans le savoir.

On dit que leurs humbles louanges
A son oreille montent mieux,
Que les anges peuplent les Cieux,
Et que nous ressemblons aux anges!

Ah! puisqu'il entend de si loin
Les vœux que notre bouche adresse,
Je veux lui demander sans cesse
Ce dont les autres ont besoin.

Mon Dieu, donne l'onde aux fontaines,
Donne la plume aux passereaux,
Et la laine aux petits agneaux,
Et l'ombre et la rosée aux plaines.

Donne aux malades la santé,
Au mendiant le pain qu'il pleure,
A l'orphelin une demeure,
Au prisonnier la liberté.

Donne une famille nombreuse
Au père qui craint le Seigneur;

Donne à moi sagesse et bonheur,
Pour que ma mère soit heureuse!

Que je sois bon, quoique petit,
Comme cet enfant dans le temple,
Que chaque matin je contemple
Souriant aux pieds de mon lit!

Mets dans mon âme la justice,
Sur mes lèvres la vérité:
Qu'avec crainte et docilité
Ta parole en mon cœur mûrisse!

Et que ma voix s'élève à toi
Comme cette douce fumée
Que balance l'urne embaumée
Dans la main d'enfans comme moi!

(LAMARTINE.)

MOÏSE SUR LE NIL.

Mes sœurs, l'onde est plus fraîche aux premiers feux du jour.
Venez : le moissonneur repose en son séjour;
    La rive est solitaire encore;
Memphis élève à peine un murmure confus;
Et nos chastes plaisirs sous ces bouquets touffus
    N'ont d'autre témoin que l'aurore.

Au palais de mon père on voit briller les arts;
Mais ces bords pleins de fleurs charment plus mes regards
    Qu'un bassin d'or ou de porphyre;
Ces chants aériens sont mes concerts chéris;

Je préfère aux parfums qu'on brûle en nos lambris
    Le souffle embaumé du zéphire !

Venez : l'onde est si calme et le ciel est si pur !
Laissez sur ces buissons flotter les plis d'azur
    De vos ceintures transparentes ;
Détachez ma couronne et ces voiles jaloux ;
Car je veux aujourd'hui folâtrer avec vous,
    Au sein des vagues murmurantes.

Hâtons-nous.... mais parmi les brouillards du matin,
Que vois-je ? — Regardez à l'horizon lointain:...
    Ne craignez rien, filles timides !
C'est sans doute, par l'onde entraîné vers les mers,
Le tronc d'un vieux palmier qui, du fond des déserts,
    Vient visiter les pyramides.

Que dis-je ! si j'en crois mes regards indécis,
C'est la barque d'Hermès ou la conque d'Isis
    Que pousse une brise légère.
Mais non : c'est un esquif où, dans un doux repos,
J'aperçois un enfant qui dort au sein des flots,
    Comme on dort au sein de sa mère !

Il sommeille, et, de loin, à voir son lit flottant,
On croirait voir voguer, sur le fleuve inconstant,
    Le nid d'une blanche colombe.
Dans sa couche enfantine il erre au gré du vent ;
L'eau le balance, il dort, et le gouffre mouvant
    Semble le bercer dans sa tombe ;

Il s'éveille : accourez, ô vierges de Memphis !
Il crie... ah ! quelle mère a pu livrer son fils

Au caprice des flots mobiles ?
Il tend les bras, les eaux grondent de toute part.
Hélas ! contre la mort il n'a d'autre rempart
  Qu'un berceau de roseaux fragiles.

Sauvons-le... — C'est peut-être un enfant d'Israël.
Mon père les proscrit : mon père est bien cruel
  De proscrire ainsi l'innocence !
Faible enfant ! ses malheurs ont ému mon amour,
Je veux être sa mère : il me devra le jour,
  S'il ne me doit pas la naissance.

Ainsi parlait Iphis, l'espoir d'un roi puissant,
Alors qu'aux bords du Nil son cortége innocent
  Suivait sa course vagabonde;
Et ces jeunes beautés qu'elle effaçait encor,
Quand la fille des rois quittait ses voiles d'or,
  Croyaient voir la fille de l'onde.

Sous ses pieds délicats déjà le flot frémit.
Tremblante, la pitié vers l'enfant qui gémit
  La guide en sa marche craintive;
Elle a saisi l'esquif ! fière de ce doux poids,
L'orgueil sur son beau front, pour la première fois,
  Se mêle à la pudeur naïve.

Bientôt divisant l'onde et brisant les roseaux,
Elle apporte à pas lents l'enfant sauvé des eaux
  Sur le bord de l'arène humide :
Et ses sœurs tour à tour, au front du nouveau-né,
Offrant leur doux sourire à son œil étonné,
  Déposaient un baiser timide !

Accours, toi qui, de loin, dans un doute cruel,
Suivais des yeux ton fils sur qui veillait le Ciel ;
    Viens ici comme une étrangère ;
Ne crains rien : en pressant Moïse entre tes bras,
Tes pleurs et tes transports ne te trahiront pas,
    Car Iphis n'est pas encor mère !

Alors, tandis qu'heureuse et d'un pas triomphant
La vierge au roi farouche amenait l'humble enfant,
    Baigné des larmes maternelles,
On entendait en chœur, dans les cieux étoilés,
Des anges, devant Dieu, de leurs ailes voilés
    Chanter les lyres éternelles.

Ne gémis plus, Jacob, sur la terre d'exil ;
Ne mêle plus tes pleurs aux flots impurs du Nil :
    Le Jourdain va t'ouvrir ses rives.
Le jour enfin approche où vers les champs promis
Gessen verra s'enfuir, malgré leurs ennemis,
    Les tribus si long-temps captives.

Sous les traits d'un enfant délaissé sur les flots,
C'est l'élu de Sina, c'est le roi des fléaux,
    Qu'une vierge sauve de l'onde.
Mortels, vous dont l'orgueil méconnaît l'Eternel,
Fléchissez : un berceau va sauver Israël,
    Un berceau doit sauver le monde !
               (VICTOR HUGO.)

L'HISTOIRE.

On doit au souvenir les vers et le pinceau.
Il fit plus : de l'histoire il créa le flambeau.

Avant qu'on vît briller sa lumière féconde,
Les temps se succédaient dans une nuit profonde ;
Les peuples, tour à tour par l'oubli dévorés,
Sur la terre passaient, l'un de l'autre ignorés.
Les grands événemens n'avaient point d'interprètes ;
Les débris étaient morts, et les tombes muettes :
L'histoire luit, soudain les temps ont reculé ;
L'ombre a fui, les tombeaux, les débris ont parlé,
Les générations s'entendent et s'instruisent,
Et de l'esprit humain les travaux s'éternisent :
O charmes de l'étude ! O sublimes récits !
Dans quel transport le sage, à son foyer assis,
Suit les nombreux combats et d'Athène et de Rome ;
A travers deux mille ans applaudit un grand homme ;
Consulte l'orateur et le guerrier fameux,
Partage les revers des peuples grands comme eux ;
Voit l'empire romain, sous le fer des Vandales,
De ses vils empereurs expier les scandales ;
Et bientôt déchiré par divers potentats,
Son cadavre fécond enfanter cent états ;
Retrouve en d'autres lieux, sur la sanglante arène,
Marcius dans Condé, Scipion dans Turenne,
Et, rempli des héros et des faits éclatans,
Ainsi que tous les lieux embrasse tous les temps !

(LEGOUVÉ.)

LA BIBLE.

Qui n'a relu souvent, qui n'a point admiré
Ce livre par le Ciel aux Hébreux inspiré ?
Il charmait à la fois Bossuet et Racine.
L'un, éloquent vengeur de la cause divine,

9

Semblait, en foudroyant des dogmes criminels,
Du haut du Sinaï tonner sur les mortels;
L'autre, de traits plus fiers ornant la tragédie,
Portait Jérusalem sur la scène agrandie.
Rousseau saisit encor la harpe de Sion,
Et son rhythme pompeux, sa noble expression,
S'éleva quelquefois jusqu'au chant des prophètes.
Imitez cet exemple, orateurs et poètes.
L'enthousiasme habite aux rives du Jourdain,
Au sommet du Liban, sous les berceaux d'Eden.
Là, du monde naissant vous suivez les vestiges,
Et vous errez sans cesse au milieu des prodiges,
Dieu parle : l'homme naît; après un court sommeil,
Sa modeste compagne enchante son réveil.
Déjà fuit son bonheur avec son innocence;
Le premier juste expire. O terreur ! ô vengeance !
Un déluge engloutit le monde criminel.
Seule, et se confiant à l'œil de l'Eternel,
L'arche domine en paix les flots du gouffre immense,
Et d'un monde nouveau conserve l'espérance.
Patriarches fameux, chefs du peuple chéri,
Abraham et Jacob, mon regard attendri
Se plaît à s'égarer sous vos paisibles tentes:
L'Orient montre encor vos traces éclatantes,
Et garde de vos mœurs la simple majesté.
Au tombeau de Rachel je m'arrête attristé,
Et tout à coup son fils vers l'Egypte m'appelle.
Toi qu'en vain poursuivit la haine fraternelle,
O Joseph ! que de fois se couvrit de nos pleurs
La page attendrissante où vivent tes malheurs !
Tu n'es plus. O revers ! près du Nil amenées,

Les fidèles tribus gémissent enchaînées.
Jéhova les protége, il finira leurs maux.
Quel est ce jeune enfant qui flotte sur les eaux ?
C'est lui qui des Hébreux finira l'esclavage.
Filles de Pharaon, courez sur le rivage,
Préparez un abri, loin d'un père cruel,
A ce berceau chargé des destins d'Israël.
La mer s'ouvre ; Israël chante sa délivrance.
C'est sur ce haut sommet qu'en un jour d'alliance
Descendit avec pompe, en des torrens de feu,
Le nuage tonnant qui renfermait un Dieu.
Dirai-je la colonne et lumineuse et sombre,
Et le désert témoin de merveilles sans nombre ?
Aux murs de Gabaon le soleil arrêté,
Ruth, Samson, Débora, la fille de Jephté
Qui s'apprête à la mort, et, parmi ses compagnes,
Vierge encor, va deux mois pleurer sur les montagnes ?
Mais les Juifs aveuglés veulent changer leurs lois ;
Le Ciel, pour les punir, leur accorde des rois.
Saül règne ; il n'est plus : un berger le remplace ;
L'espoir des nations doit sortir de sa race.
Le plus vaillant des rois du plus sage est suivi.
Accourez, accourez, descendans de Lévi,
Et du temple éternel venez marquer l'enceinte.
Cependant dix tribus ont fui la cité sainte.
Je renverse en passant les autels des faux dieux,
Je suis le char d'Elie emporté dans les Cieux.
Tobie et Raguel m'invitent à leur table.
J'entends ces hommes saints, dont la voix redoutable,
Ainsi que le passé racontait l'avenir.
Je vois, au jour marqué, les empires finir.

Sidon, reine des eaux, tu n'es donc plus que cendre !
Vers l'Euphrate étonné quels cris se font entendre ?
Toi qui pleurais, assis près d'un fleuve étranger,
Console-toi, Juda, tes destins vont changer. 🐝
Regarde cette main vengeresse du crime,
Qui désigne à la mort le tyran qui t'opprime.
Bientôt Jérusalem reverra ses enfans ;
Esdras, et Machabée, et ses fils triomphans,
Raniment de Sion la lumière obscurcie.
Ma course enfin s'arrête au berceau du Messie.

(DE FONTANES.)

JÉSUS.

CEPENDANT il paraît dans le monde étonné
Un homme, si ce nom lui peut être donné,
Qui, sortant tout à coup d'une retraite obscure,
En maître, et comme Dieu commande à la nature.
A sa voix sont ouverts des yeux long-temps fermés,
Du soleil qui les frappe éblouis et charmés.
D'un mot il fait tomber la barrière invincible
Qui rendait une oreille aux sons inaccessible ;
Et la langue qui sort de sa captivité
Par de rapides chants bénit sa liberté.
Des malheureux traînaient leurs membres inutiles,
Qu'à son ordre à l'instant ils retrouvent dociles.
Le mourant étendu sur un lit de douleurs,
De ses fils désolés court essuyer les pleurs.
La mort même n'est plus certaine de sa proie.
Objet tout à la fois d'épouvante et de joie,
Celui que du tombeau rappelle un cri puissant

Se relève, et sa sœur pâlit en l'embrassant.
Il ne repousse point les fleuves vers leur source ;
Il ne dérange pas les astres dans leur course.
On lui demande en vain des signes dans les cieux !
Vient-il pour contenter les esprits curieux ?
Ce qu'il fait d'éclatant, c'est sur nous qu'il l'opère,
Et pour nous sort de lui sa vertu salutaire.
Il guérit nos langueurs, il nous rappelle au jour :
Sa puissance toujours annonce son amour.
Mais c'est peu d'enchanter les yeux par ces merveilles ;
Il parle : ses discours ravissent les oreilles.
Par lui sont annoncés de terribles arrêts ;
Par lui sont révélés de sublimes secrets.
Lui seul n'est point ému des secrets qu'il révèle :
Il parle froidement d'une gloire éternelle ;
Il étonne le monde, et n'est point étonné :
Dans cette même gloire il semble qu'il soit né ;
Il paraît ici-bas peu jaloux de la sienne.
Qu'empressé de l'entendre un peuple le prévienne,
Il n'adoucit jamais aux esprits révoltés
Ses dogmes rigoureux, ses dures vérités.
C'est en vain qu'on murmure, il faut croire, il l'ordonne.
D'un œil indifférent il voit qu'on l'abandonne.
Un disciple qui vient se jeter dans ses bras,
Et qui renonce à tous pour marcher sur ses pas,
Lui demande par grâce un délai nécessaire,
Un moment pour aller ensevelir son père :
Dès ce moment suis-moi, lui répond-il alors,
Et laisse aux morts le soin d'ensevelir leurs morts.
Quittons tout pour lui seul ; que rien ne nous arrête.

(L. RACINE.)

9.

CONVERSION DE SAINT AUGUSTIN.

Ecoutons un mortel que la grâce divine
Fait sortir triomphant d'une guerre intestine :
Et du grand Augustin apprenons aujourd'hui
Ce que l'homme est sans Dieu ; ce que Dieu peut sur lui.

Ma fougueuse jeunesse, ardente pour les crimes,
Me fit courir d'abord d'abîmes en abîmes.
Je vous fuyais, Seigneur, vous ne me quittiez pas ;
Et la verge à la main me suivant pas à pas,
Par d'utiles dégoûts vous me rendiez amères
Ces mêmes voluptés à tant d'autres si chères.
Vous tonniez sur ma tête ; à vos pressans avis,
Ma mère s'unissait en pleurant sur son fils.
Je n'entendais alors que le bruit de ma chaîne,
Chaîne de passions qu'un misérable traîne.
Ma mère par ses pleurs ne pouvait m'ébranler,
Et vous tonniez, grand Dieu, sans me faire trembler.
Enfin de mes plaisirs l'ardeur fut amortie ;
Je revins à moi-même, et détestai ma vie.
Je voyais le chemin, j'y voulais avancer ;
Mais un funeste poids me faisait balancer.
J'avais trouvé, j'aimais cette perle si belle,
Sans pouvoir me résoudre à tout vendre pour elle.
Par deux puissans rivaux tour à tour attiré,
J'étais de leurs combats au dedans déchiré.
Mon Dieu m'aimait encore, et sa bonté suprême
A mes tristes regards me présentait moi-même.
Hélas ! qu'en ce moment je me trouvais affreux !
Mais j'oubliais bientôt mon état malheureux ;

Un sommeil léthargique accablait ma paupière.
M'éveillant quelquefois je cherchais la lumière;
Et dès qu'un faible jour paraissait se lever,
Je refermais les yeux, de peur de le trouver.
Une voix me criait : *Sors de cette demeure.*
Et moi, je répondais : *Un moment, tout à l'heure.*
Mais ce fatal moment ne pouvait point finir,
Et cette heure toujours différait à venir.
De mes premiers plaisirs la troupe enchanteresse,
Voltigeant près de moi, me répétait sans cesse :
Nous t'offrons tous nos biens et tu veux nous quitter !
Sans nous, sans nos douceurs, qui peut se contenter?
Le sage, en nous cherchant, trouve un secours facile;
Son corps est satisfait, et son âme est tranquille.
Mortels, vivez heureux, et profitez du temps;
Du torrent de la joie enivrez tous vos sens.
Fuyez de la vertu l'importune tristesse:
Couchez-vous sur les fleurs, dormez dans la mollesse.
Et toi, que dès long-temps nos bienfaits ont charmé,
Crois-tu donc qu'avec nous ton cœur accoutumé,
Puisse ainsi s'arracher aux délices qu'il aime?
Hélas ! en nous perdant tu te perdras toi-même.
Mais devant moi l'aimable et douce chasteté,
D'un air pur et serein, pleine de majesté;
Me montrant ses amis de tout sexe et tout âge,
Avec un ris moqueur me tenait ce langage :
Tu m'aimes, je t'appelle, et tu n'oses venir.
Faible et lâche Augustin, qui peut te retenir?
Ce que d'autres ont fait, ne le pourras-tu faire?
Incertain, chancelant, à toi-même contraire,
Tu veux rompre tes fers, tu veux et ne veux plus.

Ne fixeras-tu point tes pas irrésolus ?
Regardes ici près ces colombes fidèles ;
Pour voler jusqu'à moi, Dieu leur donna des ailes ;
Ce Dieu t'ouvre son sein, jette-toi dans ses bras.
Hélas ! je le savais, mais je n'y courais pas.
Un jour enfin, lassé de cette vive guerre,
Je pleurais, je criais, je m'agitais par terre,
Quand, tout à coup frappé d'un son venu des Cieux,
Et des mots du saint livre où je jetai les yeux,
L'orage se calma, mes troubles s'apaisèrent.
Par votre main, Seigneur, mes chaînes se brisèrent ;
Mon esprit ne fut plus vers la terre courbé ;
Je sortis de la fange où j'étais embourbé.
Ma volonté changea ; ce qui vous est contraire
Me déplut, et j'aimais tout ce qui peut vous plaire.
Ma mère, qu'à vos pieds vous vîtes tant de fois
Pleurer sur un ingrat rebelle à votre voix,
Ma tendre mère enfin sortit de ses alarmes,
Et retrouva vivant le fils de tant de larmes.
Je connus bien alors que votre joug est doux ;
Non, Seigneur, il n'est rien qui soit semblable à vous.
Dès ici-bas ma bouche, unie avec les anges,
Ne se lassera point de chanter vos louanges.
Je n'aimerai que vous ; vous serez désormais
Ma gloire, mon salut, mon asile, ma paix,
O loi sainte ! ô loi chère ! ô douceur éternelle !
Ineffable grandeur ! beauté toujours nouvelle !
Vérité qui trop tard avez su me charmer,
Hélas ! que j'ai perdu de temps sans vous aimer.

(L. RACINE.)

TOBIE.

O vous qui de cet âge, où l'on sort de l'enfance,
Conservez seulement la grâce et l'innocence,
Dont le précoce esprit, empressé de savoir,
Croit gagner un plaisir s'il apprend un devoir,
De Tobie écoutez l'antique et sainte histoire.
Dans ce simple récit, point d'amour, point de gloire,
C'est un juste, un bon père, un cœur pur, bienfaisant,
Qui n'aime que son Dieu, les humains, son enfant.
Ah ! ces vertus pour vous ne sont point étrangères :
Lisez, lisez Tobie à côté de vos mères.
A Ninive autrefois, quand les tribus en pleurs
Expiaient dans les fers leurs coupables erreurs,
Il fut un juste encore : il avait nom Tobie.
Consacrant à son Dieu chaque instant de sa vie,
Vieillard, malheureux, pauvre, il n'en donnait pas moins
Aux pauvres des secours, aux malheureux des soins ;
A travers les dangers, par des routes secrètes,
De ses frères captifs parcourant les retraites,
Il consolait la veuve, adoptait l'orphelin ;
Le cri d'un opprimé réglait seul son chemin :
Et lorsque ses amis, effrayés de son zèle,
Lui présageaient du roi la vengeance cruelle,
Je crains Dieu, disait-il, encor plus que le roi,
Et les infortunés me sont plus chers que moi.

Un jour, après avoir, pendant la nuit obscure,
A des morts délaissés donné la sépulture,
De travail épuisé, de fatigue abattu,
Sa force ne pouvant suffire à sa vertu,

Le vieillard lentement au pied d'un mur se traîne.
Il dormait, quand l'oiseau que le printemps ramène,
Du nid qu'il a construit au-dessus de ce mur,
Fait tomber sur ses yeux un excrément impur :
A Tobie aussitôt la lumière est ravie.
Sans se plaindre, adorant la main qui le châtie :
O Dieu! s'écria-t-il, tu daignes m'éprouver;
Je n'en murmure point : tu frappes pour sauver.
Mes yeux, mes tristes yeux, privés de la lumière,
Ne pourront plus au Ciel précéder ma prière :
Vers le pauvre avec peine, hélas! j'arriverai;
Je ne le verrai plus, mais je le bénirai.

Ses amis cependant, sa famille, sa femme,
Loin d'émousser le trait qui déchirait son âme,
De porter sur ses maux le baume précieux
De la compassion, seul bien des malheureux,
Viennent lui reprocher jusqu'à sa bienfaisance.
Où donc, lui dirent-ils, est cette récompense
Qu'aux vertus, à l'aumône, accorde le Seigneur?
Le vieillard ne répond qu'en leur montrant son cœur;
Mais ce cœur, accablé de ces cruels reproches,
. . . .
Désire le trépas et le demande au Ciel.
Sa prière monta jusques à l'Eternel :
L'ange du Dieu vivant descendit sur la terre.

Le vieillard, se croyant au bout de sa carrière,
Fait appeler son fils, son fils qui, jeune encor,
De l'aimable innocence a gardé le trésor,
Comme un autre Joseph nourri dans l'esclavage,

Et, semblable à Joseph de mœurs et de visage,
Possédant sa beauté, sa grâce et sa pudeur.
Tobie, en l'embrassant, lui dit avec douceur :
Mon fils, la mort dans peu va te ravir ton père;
De ton respect pour moi fais hériter ta mère.
Celle qui t'a nourri, qui t'a donné le jour,
Pour de si grands bienfaits ne veut qu'un peu d'amour.
Quel plaisir est plus doux qu'un devoir de tendresse?
Honore le Seigneur, marche dans sa sagesse;
Que surtout l'indigent trouve en toi son appui;
Partage tes habits et ton pain avec lui;
Reçois entre tes bras l'orphelin qui t'implore;
Riche, donne beaucoup, et pauvre, donne encore :
Ce précepte mon fils, contient toute la loi.
Je dois en ce moment confier à ta foi
Qu'à Gabélus jadis, sur sa simple promesse,
Je laissai dix talens, mon unique richesse :
Va toi-même à Ragès pour les redemander.
Vers ce lointain pays quelqu'un peut te guider;
Cherche dans nos tribus un conducteur fidèle,
Dont nous reconnaîtrons et la peine et le zèle.

Il dit. Son fils le quitte, et court vers sa tribu;
Devant lui se présente un jeune homme inconnu,
Dont la taille, les traits, la grâce plus qu'humaine,
Dès le premier abord et l'attire et l'enchaîne;
Ses yeux doux et brillans, sa touchante beauté,
Son front où la noblesse est jointe à la bonté,
Tout plaît, tout charme en lui par un pouvoir suprême.
C'était l'ange du Ciel, envoyé par Dieu même,
Qui venait de Tobie assurer le bonheur.

L'ange s'offre à servir de guide au voyageur :
Il le suit chez son père ; et le vieillard en larmes.
Ne lui déguise pas ses soupçons, ses alarmes :
Long-temps il l'interroge ; et, lui tendant les bras,
De mes craintes, dit-il, ne vous offensez pas ;
Vieux, souffrant, et privé de la clarté céleste,
Mon enfant de la vie est tout ce qui me reste :
La frayeur est permise à qui n'a plus qu'un bien ;
De mon dernier trésor je vous fais le gardien.
Ah ! vous me le rendrez, mon âme satisfaite
Eprouve, en vous parlant, une douceur secrète ;
Je ne sais quelle voix me dit au fond du cœur
Que vous serez conduits par l'ange du Seigneur.
O mon fils ! pour adieu reçois ce doux présage.
Le jeune homme l'embrasse et s'apprête au voyage ;
Il presse, en gémissant, sa mère sur son sein.
Bientôt, guidé par l'ange, il se met en chemin :
Mais trois fois il s'arrête, et trois fois renouvelle
Ses adieux et ses cris. Alors le chien fidèle,
Seul ami demeuré dans la triste maison,
Court, et du voyageur devint le compagnon.

Ils marchent tout le jour dans ces plaines fécondes
Où le Tigre en courroux précipite ses ondes.
Arrêtés sur ses bords pour prendre du repos,
Tobie en se lavant dans ses rapides eaux,
Découvre un monstre affreux dont la gueule béante
Lui fait jeter un cri d'horreur et d'épouvante.
L'ange accourt : Saisissez, lui dit-il, sans frémir,
Ce monstre qu'à vos pieds vous allez voir mourir.
Prenez son fiel sanglant, il vous est nécessaire :

Le temps vous apprendra ce qu'il en faudra faire.
Le jeune Hébreu, surpris, obéit à l'instant;
Il partage le corps du monstre palpitant,
En réserve le fiel; sur une flamme pure
Le reste préparé devient sa nourriture.

Cependant de Ragès, au bout de quelques jours,
Les voyageurs charmés aperçoivent les tours.
L'ange, avant d'arriver aux portes de la ville :
De Gabélus, dit-il, ne cherchons point l'asile;
Dès long-temps Gabélus a quitté ces climats,
Chez un autre que lui je vais guider vos pas.
Le riche Raguël, neveu de votre père,
A pour fille Sara, son unique héritière.
Son plus proche parent doit seul la posséder :
La loi l'ordonne ainsi, venez la demander.
Interdit à ces mots, le docile Tobie
Lui répond : O mon frère, à vous seul je confie
Des malheurs de Sara ce qu'on m'a rapporté :
Tout Israël connaît sa vertu, sa beauté;
Mais déjà sept époux, briguant son hyménée,
Ont dès le même soir fini leur destinée.
Que deviendra mon père, hélas! si je péris?
— Ne craignez rien, dit l'ange, et suivez mes avis.
Ivres d'un fol amour que le Seigneur condamne,
Les amans de Sara brûlaient d'un feu profane;
Ils en furent punis : mais vous, mon frère, vous,
Que la loi de Moïse a nommé son époux,
Dont le cœur, aux vertus formé dès votre enfance,
Epurera l'amour par la chaste innocence,
Vous obtiendrez Sara sans irriter le Ciel.

En prononçant ces mots ils sont chez Raguël.
Tous deux, les yeux baissés, demandent à l'entrée
Cette hospitalité des Hébreux révérée.
Raguël, à leur voix empressé d'accourir,
Rend grâce aux voyageurs qui l'ont daigné choisir.
Mais fixant sur l'un d'eux une vue attentive,
Il reconnaît les traits du vieillard de Ninive :
Quelques pleurs aussitôt s'échappent de ses yeux.
Seriez-vous, leur dit-il, du nombre des Hébreux
Que le vainqueur retient dans les champs d'Assyrie ?
— Oui, répond l'ange. — Ainsi vous connaissez Tobie ?
— Qui de nous a souffert et ne le connaît pas !
— Ah ! parlez : avons-nous à pleurer son trépas ?
Ou, le Seigneur, touché de nos longues misères,
L'a-t-il laissé vivant pour exemple à nos frères ?
— Il respire, dit l'ange, et vous voyez son fils.
— O jour trois fois heureux ! Enfant que je bénis,
Viens, accours dans mon sein : que Raguël embrasse
Le digne rejeton d'une si sainte race !
Ton père soixante ans fut notre unique appui ;
Viens, jouis, ô mon fils ! de notre amour pour lui.

Il appelle aussitôt son épouse et sa fille,
Annonce son bonheur à toute sa famille,
Et veut que d'un bélier, immolé par sa main,
Aux hôtes qu'il reçoit on prépare un festin.
On obéit. Tobie, assis près de son guide,
Sur la belle Sara porte un regard timide :
Il rencontre ses yeux ; aussitôt la pudeur
Couvre son jeune front d'une aimable rougeur.
Il s'enhardit pourtant, et, d'une voix émue,

O Raguël, dit-il, notre loi t'est connue;
Tu sais qu'elle prescrit des nœuds encor plus doux
Aux liens que le sang a formés entre nous :
Je réclame la loi, je suis de ta famille ;
Au fils de ton ami daigne accorder ta fille.
Mes seuls titres, hélas ! pour obtenir sa foi,
Sont le nom de mon père et mon respect pour toi.

Le vieillard à ces mots sent naître ses alarmes;
Il élève au Seigneur des yeux remplis de larmes.
Son épouse et sa fille, en se pressant la main,
Ont caché toutes deux leur tête dans leur sein.

Mais l'ange les rassure, et sa douce éloquence
Dans leur cœur pas à pas fait rentrer l'espérance.
Il les plaint, les console, et de leur souvenir
Bannit les maux passés pour les biens à venir.
Raguël entraîné cède au pouvoir suprême
De ce jeune inconnu qu'il révère et qu'il aime;
Il unit les époux au nom de l'Eternel,
Les bénit en tremblant, les recommande au Ciel.
Et, pendant le festin, sa timide allégresse
Voile quelques instans sa profonde tristesse.

Le repas achevé, dans leur appartement
Les deux nouveaux époux sont conduits lentement.
A genoux aussitôt, le front dans la poussière,
Ils élèvent au Ciel leur touchante prière :
Dieu puissant, disent-ils, qui daignas de tes mains
Former une compagne au premier des humains,
Afin de consoler sa prochaine misère,

Par le doux nom d'époux et par celui de père,
Nous ne prétendons point à ce bonheur parfait,
Qui pour le cœur de l'homme, hélas ! ne fut point fait ;
Mais donne-nous l'amour des devoirs qu'il faut suivre,
La vertu pour souffrir, la tendresse pour vivre,
Des héritiers nombreux, dignes de te chérir,
Et des jours innocens passés à te servir !

Dans ces devoirs pieux la nuit s'écoule entière.
Dès que le chant du coq annonce la lumière,
Raguël, son épouse, accourent tout tremblans,
N'osant pas espérer d'embrasser leurs enfans ;
Ils les trouvent tous deux dans un sommeil tranquille.
De festons aussitôt ils parent leur asile,
Font ruisseler le sang des taureaux immolés,
Et retiennent dix jours leurs amis rassemblés.

L'ange, pendant ce temps, au fond de la Médie,
Allait redemander le dépôt de Tobie.
Gabélus le lui rend ; et l'ange, de retour,
Au milieu des plaisirs, de l'hymen, de l'amour,
Retrouve son ami pensif et solitaire,
Soupirant en secret de l'absence d'un père.
Partons, lui dit Tobie, ô mon cher bienfaiteur !
Etre heureux loin de lui pèse trop sur mon cœur.
Parmi tant de festins, au sein de l'opulence,
Je ne vois que mon père en proie à l'indigence :
Hâtons-nous, hâtons-nous d'aller le secourir ;
Obtiens de Raguël qu'il nous laisse partir.
Il est père ; aisément son âme doit comprendre
Ce qu'un fils doit d'amour au père le plus tendre.

Il dit. L'ange aussitôt va trouver Raguël,
Il le fait consentir à ce départ cruel.
Le malheureux vieillard les conjure, les presse,
De revenir un jour consoler sa vieillesse :
Tobie en fait serment ; et bientôt les chameaux,
Les esclaves nombreux, les mugissans troupeaux,
Qui de la jeune épouse ont été le partage,
Vers la terre d'Assur commencent leur voyage.
L'ange, présent partout, guide les conducteurs:
Sara, le front voilé, cachant ainsi ses pleurs,
Assise sur le dos d'un puissant dromadaire,
Soupire, et tend de loin ses deux bras à sa mère ;
Son époux la soutient sur son sein palpitant ;
Et le fidèle chien marche en les précédant.
Hélas ! il était temps que le jeune Tobie
A son malheureux père allât rendre la vie !
Depuis qu'il est parti, ce vieillard désolé,
Comptant de son retour le moment écoulé,
Se traînait chaque jour aux portes de Ninive :
Son épouse guidait sa démarche tardive.
Le vieillard restait seul. Assis sur le chemin,
Vers chaque voyageur il étendait la main :
Le voyageur passait, et Tobie en silence,
Pour la reperdre encore attendait l'espérance.
Sa femme, gravissant les hauteurs d'alentour,
Cherchait au loin, des yeux, l'objet de son amour ;
Pleurait de ne point voir cet enfant qu'elle adore,
Et suspendait ses pleurs pour le chercher encore.

Mais ce fils approchait : accusant ses lenteurs,
Il laisse ses troupeaux aux soins de leurs pasteurs,

10

Les précède avec l'ange ; et sa mère attentive
L'aperçoit tout à coup accourant vers Ninive.
Elle vole aussitôt, craint d'arriver trop tard :
Mais le chien, plus prompt qu'elle, est auprès du vieillard ;
Il reconnaît son maître, il jappe, il le caresse,
Exprime par ses cris sa joie et sa tendresse.
Le malheureux aveugle, à ces cris qu'il entend,
Juge que c'est son fils que le Seigneur lui rend.
Il se lève ; et, d'un pas chancelant et rapide,
Marchant les bras ouverts, sans soutien et sans guide,
O mon fils ! criait-il, c'est toi, c'est toi !... Soudain
Le jeune homme en pleurant s'élance dans son sein :
Le vieillard le reçoit, et le serre et le presse ;
D'un long embrassement il savoure l'ivresse ;
Au défaut de ses yeux sa paternelle main
S'assure d'un bonheur qu'il croit trop peu certain.
La mère arrive alors, palpitante, éperdue,
Réclamant à grands cris une si chère vue :
Les larmes du bonheur coulent de tous les yeux,
Et l'ange, en les voyant, se croit encore aux Cieux.

Après ces doux transports, l'ange dit à son frère
De toucher du vieillard la tremblante paupière
Avec le fiel du monstre immolé par ses mains.
Le jeune homme obéit à ses ordres divins,
Et Tobie aussitôt voit la clarté céleste.
Gloire à toi, cria-t-il, Dieu puissant que j'atteste !
J'avais péché long-temps, et long-temps je souffris :
Mais je revois enfin et le ciel et mon fils.
O mon Dieu, je rends grâce à ta bonté propice !
Oui, ta miséricorde a passé ta justice.

Il dit; èt de Sara les serviteurs nombreux,
Les troupeaux, les trésors viennent frapper ses yeux.
La modeste Sara descend, lui fait hommage
De ces biens devenus désormais son partage,
Lui demande à genoux d'aimer et de bénir
L'épouse qu'à son fils le Ciel voulut unir.
Le vieillard étonné la relève, l'embrasse;
Il admire ses traits, sa jeunesse, sa grâce;
Et, s'appuyant sur elle, écoute le récit
De ce qu'a fait son Dieu pour l'enfant qu'il chérit.
Mais, ajoute ce fils, vous voyez dans mon frère
Mon soutien, mon sauveur, mon ange tutélaire;
Il a guidé mes pas, il défendit mes jours;
C'est de lui que je tiens l'objet de mes amours;
Lui seul vous fait revoir la céleste lumière;
Il m'a donné ma femme, il m'a rendu mon père.
Hélas! que peut pour lui notre vive amitié?
Des trésors de Sara donnons-lui la moitié:
Qu'en recevant ce don sa bonté nous honore;
S'il daigne l'accepter, il nous oblige encore.

Aux pieds de l'ange alors, le père avec le fils,
Rougissant tous les deux de ce bien faible prix,
Le pressent de choisir dans toute leur richesse.
L'ange, les regardant, sourit avec tendresse:
Ne vous offensez pas, dit-il, de mes refus;
Gardez, gardez vos biens, et surtout vos vertus:
Elles vous ont valu le secours de Dieu même.
Je suis l'ange envoyé par ce Dieu qui vous aime;
Il voulut acquitter ces bienfaits si nombreux
Répandus, prodigués à tant de malheureux.

Vos aumônes, vos dons, ô vieillard charitable !
Tout, jusqu'au simple vœu d'aider un misérable,
Fut écrit dans le Ciel : Dieu conserve en ses mains,
Comme un dépôt sacré, le bien fait aux humains.
Il vous rend ces trésors, mais pour le même usage ;
Au pauvre, à l'indigent, faites-en le partage ;
Donnez, pour amasser auprès de l'Eternel :
Vivez long-temps heureux ; moi, je retourne au Ciel.

(FLORIAN.)

LE SACRIFICE D'ABRAHAM.

FIDÈLE adorateur de l'Arbitre suprême,
Craint, respecté des rois, plus grand que les rois même,
Opulent sans orgueil, vertueux sans effort,
Abraham jouissait du plus illustre sort.
Un fils, de ses vertus imitateur docile,
Et fruit miraculeux d'une couche stérile,
Un fils à l'Eternel consacré comme lui,
Etait de sa vieillesse et l'espoir et l'appui.
Quel appui ! quel espoir ! Un oracle adorable
Lui promet en ce fils une race innombrable,
Uu peuple redouté, fidèle, florissant,
Et toujours protégé du bras du Tout-Puissant.
Mais toi, qui dans son cœur lis sa reconnaissance,
Grand Dieu, qu'exiges-tu de son obéissance ?
Veux-tu le rendre encore, en éprouvant sa foi
Plus digne des bienfaits qu'il a reçus de toi ?
Sur le sommet d'un mont, dit le souverain Maître,
Qu'à des signes certains je te ferai connaître,
Conduis cet Isaac si tendrement aimé,

Et que ta main l'immole au Dieu qui l'a formé.
Quel ordre ! Quel arrêt ! Quelle atteinte soudaine !
Ah ! le cœur d'Abraham ne la soutient qu'à peine.
Quoi ! ce fils pour qui seul il aime encor le jour,
Le fruit de tant de vœux, l'objet de tant d'amour,
Et qui doit s'accomplir la promesse immortelle,
Va périr, et périr sous la main paternelle !
Cruel père ! ainsi donc tu pourras te trahir !
Oui, quand son Dieu commande, il ne sait qu'obéir.
O toi qui vois, dit-il, la douleur qui me presse,
Grand Dieu, calme mon trouble et soutiens ma faiblesse !
Tu condamnes mon fils ; je vais te l'immoler :
Mais pardonne à mes pleurs quand son sang va couler ;
S'ils peuvent t'offenser, mon cœur les désavoue ;
Même dans tes rigueurs il t'admire, il te loue.
Oui, la nature en vain murmure de ta loi.
Et qui suis-je, grand Dieu, pour me plaindre de toi ?
Tes arrêts pourraient-ils n'être pas légitimes ?
N'aurais-tu plus le droit de choisir tes victimes ?
Ce fils que tu proscris fut un don de ta main,
Don peut-être chéri d'un amour trop humain :
Lorsqu'elle le reprend, résigné, je t'adore,
Qu'elle ajoute à mes maux, si leur excès t'honore.
Mais d'un frivole espoir m'aurais-tu donc flatté ?
Pourrais-tu n'être plus le Dieu de vérité ?
Ce peuple qu'Isaac... Loin, raison téméraire !
L'Eternel a parlé, c'est à toi de te taire.
Non, Seigneur, Abraham n'en croira que sa foi.
Il dit ; et n'écoutant que la suprême loi,
Consterné, mais toujours fidèle et magnanime,
Dans le sein de la nuit part avec la victime :

Sur leurs pas est conduit le fatal appareil.
Trois fois ils ont vu naître et mourir le soleil.
O jour ! ô nuit ! Enfin, l'aspect du lieu terrible
Frappe l'œil d'Abraham, perce son cœur sensible.
Loin, stupide vertu ! Ce qui fait le héros
N'est pas moins de sentir que de vaincre ses maux.
Sans suite, sans témoins, sur le mont redoutable,
Le feu, le glaive en main, ce père déplorable,
Dévorant des sanglots qu'il a peine à cacher,
Conduit son Isaac courbé sous son bûcher.
Ils montent : chaque pas exerce sa constance ;
Son cœur souffre, gémit, mais jamais ne balance.
Au sommet arrivés, un autel est construit.
Mais son fils de son sort n'est pas encore instruit.
O douleur ! Il l'embrasse, et sur son sein le presse,
Fixe sur lui des yeux accablés de tristesse,
S'attendrit, fond en pleurs, sent expirer sa voix.
Mon fils, dit-il enfin, le trouble où tu me vois,
Les pleurs que je répands, le transport qui m'anime,
Tout doit t'instruire, hélas ! du choix de la victime !
L'Eternel... sans mourir puis-je te l'annoncer ?
L'Eternel veut ton sang... ma main doit le verser !...
— La victime avec joie à vos coups s'abandonne ;
Frappez, dit Isaac, puisque Dieu vous l'ordonne :
De m'apprendre mon sort deviez-vous différer ?
Mon père, avez-vous craint de m'en voir murmurer ?
Le Seigneur a parlé ; sa victime l'adore ;
Et je meurs trop heureux, si mon trépas l'honore.
Je sais qu'un autre sort vous fut promis en moi ;
Mais quel sort est plus beau que d'accomplir sa loi ?
J'ai vécu sans remords, j'expirerai sans crainte.

Je sens le poids du coup dont votre âme est atteinte ;
Mais à votre vertu son bras l'a mesuré :
Ainsi de vos pareils il doit être honoré.
Que votre foi s'anime, et que vos larmes cessent.
A ces mots il échappe à ses bras qui le pressent ;
Sans trembler, sur l'autel se prosterne à genoux :
En expirant, grand Dieu, je bénirai tes coups.
Abraham, éperdu, troublé, hors de lui-même,
Et près de succomber à sa douleur extrême,
Sur ce fils qui bientôt doit tomber sous sa main,
Jette un regard perçant, qu'il détourne soudain.
Son cœur, saisi d'effroi, de cruauté s'accuse ;
La nature tremblante à son bras se refuse.
Mais du père bientôt le fidèle est vainqueur :
Animé d'un saint zèle, il fait taire son cœur,
Avance, prend le fer, lève le bras... Arrête !
Crie une voix des Cieux, et respecte sa tête.
J'en jure par moi-même, a dit le Tout-Puissant,
Puisque j'ai vu ton bras, fidèle, obéissant,
Immoler ce cher fils à ta foi généreuse,
Je te bénis ; ta race, illustre, et plus nombreuse
Que les astres des cieux et les sables des mers,
Par son sort, de ma gloire instruira l'univers ;
Et c'est en elle enfin que, trop long-temps proscrites,
Toutes les nations seront un jour bénites.
Cieux, louez l'Eternel : il ne daigne ordonner
D'héroïques efforts que pour les couronner.

(ANONYME.)

BELZUNCE.

CITÉ, console-toi : par le Ciel envoyé,
Dans ton sein va descendre un ange de pitié ;
Le cri de tes douleurs frappe au loin son oreille,
Et Belzunce revole aux remparts de Marseille.
On s'écrie : Arrêtez ! où portez-vous vos pas?
Fuyez, fuyez la mort ! — Non, je ne fuirai pas.
Qu'une indigne frayeur lâchement me retienne !
Non, ce peuple est mon peuple, et ma vie est la sienne.
Ma place est là. J'y cours. Ce fléau destructeur
Doit, avec le troupeau, dévorer le pasteur.
En achevant ces mots, intrépide, il s'élance,
Et des murs consternés traverse le silence.
Pour son cœur paternel, ô tableau douloureux !
Un peuple de mourans, au teint hâve, à l'œil creux,
Fantômes animés, errant de place en place,
Pâles, et frissonnant d'une sueur de glace,
Et soutenant à peine un corps défiguré
Que le brûlant ulcère a presque dévoré.

Belzunce ouvre aux douleurs un asile propice ;
Son palais se transforme en un pieux hospice.
Les lits nombreux du pauvre, alignés tristement,
Du vertueux séjour sont l'unique ornement.

Le prélat, revêtu d'une bure grossière,
Et le front tout souillé de cendre et de poussière,
D'un bras infatigable éloigne le trépas.
L'aumône, ouvrant les mains, vole devant ses pas.

Oh ! quels flots de bienfaits épanchés dans sa course !
De son or généreux il épuise la source ;
D'un pied muet, il entre au fond des noirs réduits
Où veille la douleur dans la longueur des nuits,
Et présente au mourant, qu'un feu secret consume,
Du breuvage ordonné la propice amertume ;
Du mortel expirant il recueille les vœux,
Les derniers repentirs et les derniers aveux ;
Lui montre dans la mort le retour salutaire
D'un habitant des Cieux exilé sur la terre ;
Et le guide, aux clartés de son divin flambeau,
Au séjour immortel qui commence au tombeau.

Sous l'aile du Seigneur, le prélat vénérable,
Dans le commun fléau demeure invulnérable ;
Durant vingt nuits ses yeux ne se sont point fermés :
A la sombre lueur des fanaux enflammés,
Il veille, infatigable, et sa marche assidue
Parcourt de la cité la plaintive étendue...
.... Belzunce, en ces pieux instans,
Humble, et le cou pressé du nœud des pénitens,
Le pied nu, l'œil au ciel, à l'entour des murailles,
A voix basse entonnait l'hymne des funérailles.
Purifiant la terre où s'imprimaient ses pas,
Par sa seule présence il impose au trépas ;
Et d'un peuple mourant apaisant la souffrance,
De la tombe entr'ouverte il trompe l'espérance.

(Millevoye.)

11

ÉLÉVATION D'ESTHER.

PEUT-ÊTRE on t'a conté la fameuse disgrâce
De l'altière Vasthi dont j'occupe la place,
Lorsque le roi, contre elle enflammé de dépit,
La chassa de son trône, ainsi que de son lit.
Mais il ne put sitôt en bannir la pensée :
Vasthi régna long-temps dans son âme offensée.
Dans ses nombreux états il fallut donc chercher
Quelque nouvel objet qui l'en pût détacher.
De l'Inde à l'Hellespont ses esclaves coururent.
Les filles de l'Egypte à Suze comparurent :
Celles même du Parthe et du Scythe indompté
Y briguèrent le sceptre offert à la beauté.

On m'élevait alors, solitaire et cachée,
Sous les yeux vigilans du sage Mardochée.
Tu sais combien je dois à ses heureux secours :
La mort m'avait ravi les auteurs de mes jours ;
Mais lui, voyant en moi la fille de son frère,
Me tint lieu, chère Elise, et de père et de mère.
Du triste état des Juifs jour et nuit agité,
Il me tira du sein de mon obscurité,
Et sur mes faibles mains fondant leur délivrance,
Il me fit d'un empire accepter l'espérance.
A ses desseins secrets tremblante j'obéis :
Je vins, mais je cachai ma race et mon pays.
Qui pourrait cependant t'exprimer les cabales
Que formait en ces lieux ce peuple de rivales,
Qui toutes, disputant un si grand intérêt,
Des yeux d'Assuérus attendaient leur arrêt ?

Chacune avait sa brigue et de puissans suffrages.
L'une d'un sang fameux vantait les avantages;
L'autre, pour se parer de superbes atours,
Des plus adroites mains empruntait le secours :
Et moi, pour toute brigue et pour tout artifice,
De mes larmes au Ciel j'offrais le sacrifice.

Enfin, on m'annonça l'ordre d'Assuérus.
Devant ce fier monarque, Elise, je parus.
Dieu tient le cœur des rois entre ses mains puissantes;
Il fait que tout prospère aux âmes innocentes,
Tandis qu'en ses projets l'orgueilleux est trompé.
De mes faibles attraits le roi parut frappé.
Il m'observa long-temps dans un sombre silence,
Et le Ciel, qui pour moi fit pencher la balance,
Dans ce temps-là, sans doute, agissait sur son cœur.
Enfin, avec des yeux où régnait la douceur :
Soyez reine, dit-il, et dès ce moment même,
De sa main sur mon front posa son diadème.
Pour mieux faire éclater sa joie et son amour,
Il combla de présens tous les grands de la cour;
Et même ses bienfaits, dans toutes ses provinces,
Invitèrent le peuple aux noces de leurs princes.
Hélas! durant ces jours de joie et de festins,
Quelle était en secret ma honte et mes chagrins!
Esther, disais-je, Esther dans la pourpre est assise!
La moitié de la terre à son sceptre est soumise!
Et de Jérusalem l'herbe cache les murs!
Sion, repaire affreux de reptiles impurs,
Voit de son temple saint les pierres dispersées,
Et du Dieu d'Israël les fêtes sont cessées!

Cependant mon amour pour notre nation
A rempli ce palais de filles de Sion,
Jeunes et tendres fleurs, par le sort agitées,
Sous un ciel étranger comme moi transplantées.
Dans un lieu séparé de profanes témoins,
Je mets à les former mon étude et mes soins;
Et c'est là que, fuyant l'orgueil du diadème,
Lasse de vains honneurs, et me cherchant moi-même,
Aux pieds de l'Eternel je viens m'humilier,
Et goûter le plaisir de me faire oublier.

(RACINE.)

MORT D'HECTOR.

DANS les champs phrygiens, l'ordre du sage Enée
Tenait de nos guerriers la vaillance enchaînée;
Sortis de leurs remparts jusqu'alors assiégés,
Sous leurs différens chefs les Grecs étaient rangés :
Entre eux et les Troyens s'étend un large espace,
Où vont lutter la force, et l'adresse et l'audace :
Les deux camps sont muets, et du combat fatal
Chacun désire, attend, redoute le signal.
Sitôt qu'Hector parut, on ouvrit la barrière.
Le voilà! dit Achille enflammé de colère;
Viens, ton sang va payer le sang de mon ami :
Le vainqueur de Patrocle est mon seul ennemi,
C'est Hector que je veux! — C'est Hector qui t'immole!
Lui répond votre frère. Il dit, et son trait vole,
Atteint le bouclier, y reste suspendu.
Achille est ébranlé du choc inattendu;
Il prend son javelot, dans les airs le balance,

Et de tout son effort à son tour il le lance :
Mais Hector le prévoit, et le coup est paré ;
Du trait de son rival chacun s'est emparé.
Tandis qu'Achille armé de la lance troyenne,
Fond sur Hector, Hector le frappe de la sienne :
Il brise sa cuirasse ; et le fer repoussé
Sur le céleste acier se recourbe émoussé.
Leur sang, plus d'une fois, avait rougi la terre ;
Ils luttaient tout couverts de sueur, de poussière,
Leur javelot brisé, leur casque renversé ;
Et Jupiter entre eux n'avait point prononcé,
Lorsque, suivi d'Hélène, accourut votre père :
Il s'écrie ; à sa vue, on s'agite, on espère ;
Et déjà deux hérauts plaçaient en même temps
Leur sceptre pacifique entre les combattans.
Mais Achille frémit de perdre sa victime :
Son courage, ou plutôt sa fureur se ranime ;
Il presse Hector ; Hector résiste, mais soudain
Son fer se brise, éclate, échappe de sa main.....
Que pouvait sa vaillance ?... il est atteint !... il tombe.
Troie entière descend avec lui dans la tombe...
La mort d'Hector n'a point désarmé le vainqueur :
Tournez les yeux, voyez un spectacle d'horreur !
Voyez, après son char dégouttant de carnage,
Les pieds gonflés des nœuds qu'a redoublés la rage,
Notre Hector suspendu ! son front défiguré,
Ce front terrible aux Grecs, des Troyens adoré,
Roule et sillonne au loin la fange qui le souille ;
De ses longs cheveux noirs la flottante dépouille
Sème de ses débris le sol ensanglanté ;
Ulysse, Ulysse même en est épouvanté.

11.

Achille, l'œil terrible et la main menaçante ;
Presse à coups redoublés, vers les rives du Xante,
Ses coursiers qui, toujours dociles à sa voix,
Refusent d'obéir pour la première fois.
L'impitoyable Achille, orgueilleux de son crime,
Sourit d'un air affreux à sa pâle victime,
Triomphe d'un cadavre, et bravant tous les dieux,
De son sang qui ruisselle il enivre ses yeux.

(LUCE DE LANCIVAL.)

MORT DE POLYPHONTE.

La victime était prête, et de fleurs couronnée ;
L'autel étincelait des flambeaux d'hyménée ;
Polyphonte, l'œil fixe, et d'un front inhumain,
Présentait à Mérope une odieuse main ;
Le prêtre prononçait les paroles sacrées ;
Et la reine, au milieu des femmes éplorées,
S'avançait tristement, tremblante entre mes bras,
Au lieu de l'hyménée, invoquait le trépas.
Le peuple observait tout dans un profond silence.
Dans l'enceinte sacrée, en ce moment s'avance
Un jeune homme, un héros, semblable aux immortels ;
Il court. C'était Egisthe : il s'élance aux autels ;
Il monte, il y saisit, d'une main assurée,
Pour les fêtes des dieux la hache préparée.
Les éclairs sont moins prompts ; je l'ai vu de mes yeux,
Je l'ai vu qui frappait ce monstre audacieux,
Meurs, tyran ! disait-il : dieux, prenez vos victimes !
Erox, qui de son maître a servi tous les crimes,
Erox, qui dans son sang voit ce monstre nager,

Lève une main hardie et pense le venger.
Egisthe se retourne, enflammé de furie,
A côté de son maître il le jette sans vie.
Le tyran se relève, et blesse le héros;
De leur sang confondu j'ai vu couler les flots.
Déjà la garde accourt avec des cris de rage.
Sa mère.... ah! que l'amour inspire de courage!
Quel transport animait ses efforts et ses pas!
Sa mère.... elle s'élance au milieu des soldats.
C'est mon fils! arrêtez; cessez, troupe inhumaine!
C'est mon fils! déchirez sa mère et votre reine,
Ce sein qui l'a nourri, ces flancs qui l'ont porté!
A ces cris douloureux, le peuple est agité.
Un gros de nos amis, que son danger excite,
Entre elle et ces soldats vole et se précipite.
Vous eussiez-vu soudain les autels renversés,
Dans des ruisseaux de sang leurs débris dispersés;
Les enfans écrasés dans les bras de leurs mères,
Les frères, méconnus, immolés par leurs frères;
Soldats, prêtres, amis, l'un sur l'autre expirans :
On marche, on est porté sur les corps des mourans;
On veut fuir; on revient; et la foule pressée
D'un bout du temple à l'autre est vingt fois repoussée.
De ces flots confondus le flux impétueux
Roule, et dérobe Egisthe et la reine à mes yeux.
Parmi les combattans je vole ensanglantée :
J'interroge à grands cris la foule épouvantée.
Tout ce qu'on me répond redouble mon horreur.
On s'écrie : Il est mort, il tombe, il est vainqueur!
Je cours, je me consume, et le peuple m'entraîne,
Me jette en ce palais, éplorée, incertaine,

Au milieu des mourans , des morts et des débris.
Venez, suivez mes pas , joignez-vous à mes cris.
Venez : j'ignore encor si la reine est sauvée,
Si de son digne fils la vie est conservée ,
Si le tyran n'est plus. Le trouble , la terreur,
Tout ce désordre horrible est encor dans mon cœur.

(VOLTAIRE.)

MORT D'HIPPOLYTE.

A PEINE nous sortions des portes de Trézène ;
Il était sur son char; ses gardes affligés
Imitaient son silence autour de lui rangés.
Il suivait, tout pensif, le chemin de Mycènes ;
Sa main sur les chevaux laissait flotter les rênes.
Ses superbes coursiers qu'on voyait autrefois,
Pleins d'une ardeur si noble, obéir à sa voix,
L'œil morne maintenant, et la tête baissée,
Semblaient se conformer à sa triste pensée.

Un effroyable cri sorti du sein des flots,
Des airs, en ce moment, a troublé le repos ;
Et du sein de la terre une voix formidable
Répond, en gémissant, à ce cri redoutable.
Jusqu'au fond de nos cœurs notre sang s'est glacé;
Des coursiers attentifs le crin s'est hérissé.
Cependant, sur le dos de la plaine liquide,
S'élève à gros bouillons une montagne humide.
L'onde approche, se brise, et vomit à nos yeux,
Parmi des flots d'écume, un monstre furieux.
Son front large est armé de cornes menaçantes;

Tout son corps est couvert d'écailles jaunissantes.
Indomptable taureau, dragon impétueux,
Sa croupe se recourbe en replis tortueux;
Ses longs mugissemens font trembler le rivage,
Le Ciel avec horreur voit ce monstre sauvage.
La terre s'en émeut, l'air en est infecté,
Le flot qui l'apporta recule épouvanté.

Tout fuit, et sans s'armer d'un courage inutile,
Dans le temple voisin chacun cherche un asile.
Hippolyte lui seul, digne fils d'un héros,
Arrête ses coursiers, saisit ses javelots,
Pousse au monstre, et d'un dard lancé d'une main sûre,
Il lui fait dans le flanc une large blessure.
De rage et de douleur le monstre bondissant,
Vient aux pieds des chevaux tomber en mugissant,
Se roule, et leur présente une gueule enflammée
Qui les couvre de feu, de sang et de fumée.
La frayeur les emporte; et, sourds à cette fois,
Ils ne connaissent plus ni le frein ni la voix.
En efforts impuissans leur maître se consume.
Ils rougissent le mors d'une sanglante écume.
On dit qu'on a vu même, en ce désordre affreux,
Un dieu qui d'aiguillons pressait leurs flancs poudreux.
A travers les rochers la peur les précipite.
L'essieu crie et se rompt. L'intrépide Hippolyte
Voit voler en éclats tout son char fracassé.
Dans les rênes lui-même il tombe embarrassé.
Excusez ma douleur. Cette image cruelle
Sera pour moi de pleurs une source éternelle.
J'ai vu, seigneur, j'ai vu votre malheureux fils,

Traîné par les chevaux que sa main a nourris.
Il veut les rappeler, et sa voix les effraie.
Ils courent, tout son corps n'est bientôt qu'une plaie.
De nos cris douloureux la plaine retentit.

Leur fougue impétueuse enfin se ralentit;
Ils s'arrêtent, non loin de ces tombeaux antiques,
Où des rois ses aïeux sont les froides reliques.
Je cours en soupirant, et sa garde me suit;
De son généreux sang la trace nous conduit;
Les rochers en sont teints; les ronces dégouttantes,
Portent de ses cheveux les dépouilles sanglantes.
J'arrive, je l'appelle; et me tendant la main,
Il ouvre un œil mourant qu'il referme soudain.
Le Ciel, dit-il, m'arrache une innocente vie;
Prends soin, après ma mort, de la triste Aricie....
Cher ami, si mon père, un jour désabusé,
Plaint le malheur d'un fils faussement accusé,
Pour apaiser mon sang et mon ombre plaintive,
Dis-lui qu'avec douceur il traite sa captive,
Qu'il lui rende.... A ce mot, ce héros expiré,
N'a laissé dans mes bras qu'un corps défiguré,
Triste objet où des dieux triomphe la colère,
Et que méconnaîtrait l'œil même de son père.

(RACINE.)

MORT DE PLINE.

PRÈS des murs de Misène il est de frais bocages,
Lieux chéris des bergers, des belles et des sages :
Là, tout séduit les cœurs, et tout charme les yeux.
Sur le bord de ces mers, dans la vapeur des cieux,

Baie apparaît au loin couverte de verdure,
Fraîche et comme sortant des mains de la nature.
Là, Vénus eut un temple, et l'Amour des autels,
Virgile y préludait à ses chants immortels,
Et les guerriers romains, dans une paix profonde,
Venaient y méditer la conquête du monde.
C'est là que, dédaignant de frivoles plaisirs,
Pline par ses travaux illustrait ses loisirs.
On dirait, aux accens de sa mâle éloquence,
Qu'il va des élémens révéler la puissance :
Sur leurs plus grands secrets ses yeux se sont ouverts,
Et sa pensée immense embrasse l'univers.
Mais vers lui tout à coup une foule tremblante
Accourt; l'air retentit de longs cris d'épouvante;
Ces cris de sa pensée ont suspendu l'essor;
Il lève un front tranquille et qui médite encor;
Il regarde : ô prodige ! un horrible nuage,
Semblable au vaste pin que tourmente l'orage,
Se balance dans l'air, y plonge ses rameaux,
Couvre à la fois le ciel, et la terre et les flots,
Et, voilant du soleil la lumière immortelle,
Menace l'univers d'une nuit éternelle.

Pline voit les dangers que lui seul ne craint pas :
Aussitôt vers sa flotte il dirige ses pas;
Il brûle de connaître un si grand phénomène :
Ou plutôt sur ces monts un autre espoir l'entraîne;
Si contre le péril son cœur est affermi,
S'il craint peu pour lui-même, il craint pour un ami.
Tournez, dit-il, tournez vers le sombre rivage
Où de Pomponius est l'antique héritage

Le peuple sur ces bords a dû se rassembler,
Là, sont des malheureux, c'est là qu'il faut aller.
On hésite, il ordonne, et de ces mers profondes
Ses rapides vaisseaux ont sillonné les ondes.
Tandis que le volcan d'une affreuse lueur,
Couvre les matelots immobiles d'horreur,
Pline, se dirigeant vers ces clartés funèbres,
Ose chercher sa route à travers les ténèbres ;
Le pilote frémit et tourne ses regards
Vers Cumes, dont il voit décroître les remparts ;
Il attache à ces lieux sa dernière espérance,
Mais la rive s'éloigne et sa terreur commence ;
Cependant vers Pouzzol, au bord de l'horizon,
L'astre mourant du jour jette un dernier rayon ;
Tout à coup il s'éteint, le ciel devient plus sombre,
Et bientôt comme un point il disparaît dans l'ombre.

Oh ! qui peindra l'horreur de ces affreux momens,
Et la nuit et les flots, et la foudre et les vents,
Et ce vaisseau perdu dans cet abîme immense,
Ces longs cris de terreur suivis d'un long silence,
Les cendres, les rochers tombant du haut des airs,
Et Pline, croyant voir expirer l'univers,
Fort du beau sentiment dont la grandeur l'anime,
Offrant lui-même au Ciel un spectacle sublime,
Et dans son grand dessein toujours plus affermi,
Au milieu du danger songeant à son ami !
Mais il résiste en vain, l'espérance est détruite,
Et sa flotte à grands cris a demandé la fuite.
Quoi ! dit-il, parmi vous n'est-il plus un Romain ?
Allons, et nos efforts fléchiront le destin :

La fortune a toujours secondé le courage.
A ces mots un éclair leur montre le rivage :
L'espérance renaît, ils redoublent d'efforts ;
Et déjà de Stabie ils ont touché les bords.
O douleur ! du volcan la cendre dévorante
Roule en noirs tourbillons sur la terre brûlante ;
Quelques flambeaux errans dans cette immense nuit
Les guide sur les pas d'un peuple entier qui fuit ;
Quand soudain, aux lueurs du volcan qui s'entr'ouvre,
La foule épouvantée à leurs yeux se découvre ;
Enfans, femmes, vieillards, tout chargés de débris,
Courent en frappant l'air de lamentables cris :
Ils tombent étouffés sous les rochers en poudre,
Et la terre engloutit ceux qu'épargne la foudre.
Alors, de tant de maux accroissant les horreurs,
Apparut un objet d'éternelles douleurs :
Un jeune adolescent, l'espoir de sa patrie,
L'espoir encor plus doux d'une mère chérie,
A travers les rochers et les palais brûlans,
Emporte son vieux père entre ses bras tremblans.
Vains efforts ! en fuyant sa force l'abandonne ;
Déjà le feu s'étend, le presse, l'environne ;
Plus de passage ouvert, plus de chemins frayés,
Aucun sentier ne s'offre à ses yeux effrayés.
Epuisé de fatigue, il se traîne, il succombe,
Trois fois il se soulève, et trois fois il retombe ;
Atteint de tous côtés par le feu dévorant,
Il reste sur le corps de son père expirant,
Et levant vers le Ciel un regard déplorable,
Semble encor l'invoquer par un cri lamentable.
La terreur un moment fait place à la pitié.

12

Pline voit leur malheur, et craint pour l'amitié.
Aussitôt redoublant d'efforts et de courage,
Vers ces champs dévastés il se fait un passage.
O peuple infortuné! dissipe ton effroi :
Ce danger que tu fuis, il le brave pour toi.
Que dis-je? c'est en vain qu'il implore le zèle
En faveur de l'ami dont le danger l'appelle,
On répond à ses cris par des cris de terreur.
Hélas! de tant de maux on ne sent que la peur.
Alors suivant les lieux que la flamme ravage,
Long-temps il reste seul errant sur le rivage,
Des feux, des eaux, des vents tour à tour assailli.
Mais d'un nouvel espoir son cœur a tressailli :
Il reconnaît les bords où, consacrant leur gloire,
Les Romains dans son temple adoraient la Victoire,
Et déjà vers ces bords précipitant ses pas,
Il voit Pomponius, il est entre ses bras.
O prodige! ô transports! oubliant leurs alarmes,
C'est le plaisir alors qui fait couler les larmes,
Et parmi tant d'objets de crainte et de douleur,
Le Ciel a fait briller un moment le bonheur.

Hélas! pendant l'essor de leur première joie,
Du volcan jusqu'au ciel la flamme se déploie,
Déjà l'air, sillonné d'effroyables éclairs,
N'est plus que la vapeur qu'exhalent les enfers ;
D'un bruit sourd et profond les gouffres retentissent,
La mer roule en grondant vers les monts qui mugissent,
Et sur ses fondemens le Vésuve agité,
Chancelle en vomissant une horrible clarté.
Alors tout s'illumine, et la plaine agrandie

N'offre plus aux regards qu'un immense incendie.
Pline observe, contemple et cherche à pénétrer
Le secret de ces feux prêts à le dévorer :
Vains projets d'un mortel! espérance insensée !
Cet imposant spectacle offert à sa pensée,
Ce temple où , prosternés aux pieds de leurs autels,
Les prêtres élevaient des hymnes solennels;
Ces deux belles cités, dont les noms pleins de gloire
De deux guerriers fameux consacraient la mémoire,
Et le temple d'Hercule , et le palais des rois,
Tout paraît à ses yeux pour la dernière fois.
Il tombe!.... On lit encor sur son front magnanime
Le dernier sentiment de son âme sublime :
Comme il vécut sans crainte, il mourut sans douleur!
Et lorsqu'après trois jours , une pâle lueur
Perça l'obscurité de cette nuit profonde ,
Il semblait sommeiller sur les débris du monde.

(MARTIN.)

DÉDALE ET ICARE.

DÉDALE cependant, qu'un long exil ennuie,
Sent le désir si doux de revoir sa patrie ;
Mais la mer l'emprisonne et ses désirs sont vains.
Si la Crète, dit-il, s'oppose à mes desseins,
Si la terre et la mer me ferment le passage,
Que l'air m'ouvre un chemin pour sortir d'esclavage.
Minos possède en vain et la terre et les flots ,
L'air est libre pour moi, je ne crains plus Minos.
Il dit, et fait céder au pouvoir du génie
Les lois de la nature et de la tyrannie.
Des plumes que son art assortit avec choix;

Par degrés, à leur rang se placent sous ses doigts.
Tel sous la main de Pan l'Arcadie a vu naître
Les tubes inégaux de la flûte champêtre.
Une cire onctueuse, enduite aux environs,
Des plumes qu'il attache unit les avirons ;
Et, par un dernier pli, leur légère courbure
Dans le travail de l'art imite la nature.
Icare auprès de lui l'observe, et sans songer
Qu'il s'amuse, en jouant, de son propre danger,
Court après le duvet qu'emporte le zéphire,
De ses doigts apprentis touche, amollit la cire,
Et nuit à l'ouvrier par ses jeux enfantins.
Quand l'ouvrage eut cent fois repassé sous ses mains,
Dédale, qui dans l'air en suspens se balance,
De ses ailes d'abord éprouve la puissance,
Et, sûr de leur usage, il l'enseigne à son fils :
Prends le milieu des airs, et crois-en mes avis ;
N'approche point trop près des ondes infidèles,
Tu verrais leur vapeur appesantir tes ailes ;
Si trop près du soleil s'élève ton essor,
Tu vois fondre la cire et tu péris encor.
Là, tu vois Orion ; ici, le char de l'Ourse :
Vole entre l'un et l'autre ; imite et suis ma course.
Tandis qu'il veut encor, par de légers essais,
Des avis qu'il lui donne assurer le succès,
Des pleurs mouillent ses yeux, et ses mains paternelles,
Ses mains tombent deux fois, en attachant les ailes.
Il embrasse son fils : une secrète voix
Lui dit qu'il l'embrassait pour la dernière fois.
Il s'élève dans l'air, l'appelle sur sa trace,
Et d'un vol inquiet craint pour sa jeune audace ;

Comme une mère instruit l'oiseau novice encor
A régler les écarts de son premier essor,
L'œil tourné sur son fils, d'un vol hardi, mais sage,
De son art périlleux il lui montre l'usage.
Le pêcheur, près des eaux assis sur le gazon,
Au moment qu'à la ligne il suspend l'hameçon,
Le conducteur du soc, la main sur sa charrue,
Le pasteur immobile, et les yeux vers la nue,
En voyant ces mortels voyager dans les cieux,
S'étonne, les admire, et les prend pour des dieux.
Lébynthe et Calydné, monts chéris de l'abeille,
A droite, de leur vol avaient vu la merveille;
A gauche ils ont laissé le temple de Samos,
Délos et son oracle, et le roc de Paros.
Le jeune ambitieux, follement intrépide,
Pour s'élever au ciel abandonne son guide.
Trop voisin du soleil, un océan de feux,
De la cire amollit les liens onctueux :
Déjà la plume échappe à ses ailes fondues;
De ses bras, mais en vain, il frappe encor les nues;
Il appelle son père, et tombe au fond des mers,
Fameuses par son nom, sa chute et ses revers.
Son père infortuné, qui déjà n'est plus père,
Dédale cherche au loin le jeune téméraire.
Icare, où te trouver? Il appelle à grands cris
Icare, et sur les eaux voit flotter ses débris.
Il maudit de son art l'invention funeste;
De son malheureux fils il recueille le reste,
Lui dresse dans une île un tombeau de gazon,
Et cette île depuis a conservé son nom.

(DE SAINT-ANGE.)

12.

LE SUPPLICE DES TEMPLIERS.

Un immense bûcher, dressé pour leur supplice,
S'élève en échafaud, et chaque chevalier
Croit mériter l'honneur d'y monter le premier;
Mais le grand-maître arrive, il monte, il les devance:
Son front est rayonnant de gloire et d'espérance;
Il lève vers les Cieux un regard assuré :
Il prie, et l'on croit voir un mortel inspiré.
D'une voix formidable aussitôt il s'écrie :
Nul de nous n'a trahi son Dieu, ni sa patrie ;
Français souvenez-vous de nos derniers accens;
Nous sommes innocens, nous mourons innocens,
L'arrêt qui nous condamne est un arrêt injuste;
Mais il est dans le Ciel un tribunal auguste
Que le faible opprimé jamais n'implore en vain,
Et j'ose t'y citer, ô pontife romain !
Encor quarante jours !.... je t'y vois comparaître.
Chacun en frémissant écoutait le grand-maître.
Mais quel étonnement, quel trouble, quel effroi,
Quand il dit : O Philippe, ô mon maître, ô mon roi !
Je te pardonne en vain, ta vie est condamnée;
Au tribunal de Dieu, je t'attends dans l'année.

(*Au roi.*)

Les nombreux spectateurs, émus et consternés,
Versent des pleurs sur vous, sur ces infortunés,
De tous côtés s'étend la terreur, le silence,
Il semble que du Ciel descende la vengeance.
Les bourreaux interdits n'osent plus approcher ;
Ils jettent en tremblant le feu sur le bûcher,

Et détournent la tête... Une fumée épaisse
Entoure l'échafaud, roule et grossit sans cesse;
Tout à coup le feu brille : à l'aspect du trépas,
Ces braves chevaliers ne se démentent pas.
On ne les voyait plus; mais leurs voix héroïques
Chantaient de l'Eternel les sublimes cantiques;
Plus la flamme montait, plus ce concert pieux
S'élevait avec elle, et montait vers les Cieux.
Votre envoyé paraît, s'écrie.... Un peuple immense,
Proclamant avec lui votre auguste clémence,
Auprès de l'échafaud soudain s'est élancé....
Mais il n'était plus temps.... les chants avaient cessé.

(RAYNOUARD.)

DÉCOUVERTE DE L'AMÉRIQUE.

Eh ! qui du grand Colomb ne connaît point l'histoire,
Lui dont un nouveau monde éternisa la gloire?
Illustre favori du maître du trident,
L'heureux Colomb voguait sur l'abîme grondant;
Sa nef avait franchi les colonnes d'Alcide;
Les Phoques, les Tritons, la jeune Néréide,
Voyaient d'un œil surpris ces drapeaux, ces soldats,
Ces bronzes menaçans, cette forêt de mâts,
Et ces hardis vaisseaux, flottantes citadelles,
A qui les vents vaincus semblaient céder leurs ailes.
Depuis six mois entiers ils erraient sur les eaux;
Dépourvus d'alimens, épuisés de travaux,
Les matelots sentaient défaillir leur courage,
Et d'une voix plaintive imploraient le rivage.
Mille maux à la fois leur présagent leur fin,

Et la contagion se ligue avec la faim.
Pour comble de malheurs, sur l'Océan immense
Les airs sont en repos, les vagues en silence ;
Dans la voile pendante aucun vent ne frémit ;
Et dans ce calme affreux dont le nocher gémit,
L'oreille n'entend plus, durant la nuit profonde,
Que le bruit répété des morts tombant dans l'onde.
Plusieurs au haut des mâts interrogent de loin
Les terres et les mers, sourdes à leur besoin.
Rien ne paraît : des cœurs un noir transport s'empare
(Lorsqu'il est sans espoir, le malheur rend barbare) ;
Tous fondent sur le chef : à son poste arraché,
Au pied du plus haut mât Colomb est attaché,
Cent fois de la tempête il défia la rage,
Mais qu'opposera-t-il à ce nouvel orage ?
Sans changer son destin l'astre du jour a lui ;
De farouches regards errent autour de lui.
Inutiles fureurs pour son âme intrépide !
La mort, l'affreuse mort n'a rien qui l'intimide :
Mais avoir vainement affronté tant de maux,
Mais mourir près d'atteindre à des mondes nouveaux,
Ce grand espoir trompé, tant de gloire perdue,
Plus que tous les poignards, voilà ce qui le tue.
Sur ce cœur que déjà déchire le regret
Le fer enfin se lève, et le trépas est prêt :
Plus d'espoir. Tout à coup de la rive indienne
Un air propice apporte une odorante haleine ;
Il sent, il reconnaît le doux esprit des fleurs :
Tout son cœur s'abandonne à ces gages flatteurs ;
Un souffle heureux se joint à cet heureux présage.
Alors, avec l'espoir reprenant son courage :

Malheureux compagnons de mon malheureux sort,
Vous savez si Colomb peut redouter la mort ;
Mais si, toujours fidèle au destin qui m'anime,
Votre chef seconda votre âme magnanime ;
Si pour ce grand projet je bravai, comme vous,
Et l'horreur de la faim, et les flots en courroux ;
Encore quelques momens (je ne sais quel présage
A cette âme inspirée annonce le rivage),
Si ce monde où je cours fuit encor devant nous,
Demain, tranchez mes jours, tout mon sang est à vous.
A ce noble discours, à sa mâle assurance,
A cet air inspiré qui leur rend l'espérance,
Un vieux respect s'éveille au cœur des matelots ;
Ils ont cru voir le Dieu qui maîtrise les flots :
Soudain, comme à sa voix les tempêtes s'apaisent,
Aux accens de Colomb les passions se taisent.
On obéit, on part, on vole sur les mers ;
La proue en long sillons blanchit les flots amers.
Enfin, des derniers feux quand l'Olympe se dore
Et brise ses rayons dans les mers qu'il colore,
Le rivage de loin semble poindre à leurs yeux.
Soudain tout retentit de mille cris joyeux.
Les coteaux par degrés sortent du noir abîme,
De moment en moment les bois lèvent leur cime,
Et de l'air embaumé que leur porte un vent frais,
Le parfum consolant les frappe de plus près.
On redouble d'efforts, on aborde, on arrive :
Des prophétiques fleurs qui parfument la rive
Tous couronnent leur chef : et leurs festons chéris,
Présage de succès, en deviennent le prix.

(DELILLE.)

LE CZAR A L'HOTEL DES INVALIDES.

Vers les bords où la Seine, abandonnant Paris,
Semble de ces beaux lieux, où son onde serpente,
S'éloigner à regret et ralentir sa pente,
D'un immense palais le front majestueux,
Arrondi dans la nue en dôme somptueux,
S'élève et peuple au loin la rive solitaire.
Pierre y porte ses pas. La pompe militaire
Des tonnerres d'airain, des gardes, des soldats,
Tout présente à ses yeux l'image des combats :
Mais cet éclat guerrier orne un séjour tranquille.
Tu vois de la valeur, tu vois l'auguste asile,
Lui dit Lefort : jadis, pour soutenir ses jours,
Réduit à mendier d'avilissans secours,
Dans un pays ingrat, sauvé par son courage,
Le guerrier n'avait pas, au déclin de son âge,
Un asile pour vivre, un tombeau pour mourir :
L'état qu'il a vengé daigne enfin le nourrir.
Louis à tous les rois y donne un grand exemple.
Entrons, dit le héros. Tous étaient dans le temple.
C'était l'heure où l'autel fumait d'un pur encens ;
Il entre, et de respect tout a frappé ses sens.
Ces murs religieux, leur vénérable enceinte,
Ces vieux soldats épars sous cette voûte sainte,
Les uns levant au ciel leurs fronts cicatrisés,
D'autres, flétris par l'âge et de sang épuisés,
Sur leur genoux tremblans pliant un corps débile,
Ceux-ci courbant un front saintement immobile,
Tandis qu'avec respect sur le marbre inclinés,

Et plus près de l'autel quelques-uns prosternés,
Touchaient l'humble pavé de leur tête guerrière,
Et leurs cheveux blanchis roulaient sur la poussière.
Le czar avec respect les contempla long-temps.
Que j'aime à voir, dit-il, ces braves combattans !
Ces bras victorieux, glacées par les années,
Quarante ans de l'Europe ont fait les destinées.
Restes encor fameux de tant de bataillons,
De la foudre sur vous j'aperçois les sillons.
Que vous me semblez grands ! Le sceau de la victoire
Sur vos ruines même imprime encor la gloire ;
Je lis tous vos exploits sur vos fronts révérés :
Temples de la valeur, vos débris sont sacrés.
Bientôt ils vont s'asseoir dans une enceinte immense,
Où d'un repas guerrier la frugale abondance
Aux dépens de l'état satisfait leur besoin.
Pierre de leur repas veut être le témoin.
Avec eux dans la foule il aime à se confondre,
Les suit, les interroge ; et fiers de lui répondre,
De conter leurs exploits, ces antiques soldats
Semblent se rajeunir au récit des combats ;
Son belliqueux accent émeut leur fier courage.
Compagnons, leur dit-il, je viens vous rendre hommage
Car je suis un guerrier, un soldat comme vous.
D'un regard attentif ils le contemplaient tous,
Et son front désarmé leur parut redoutable.
Tout à coup le monarque, approchant de leur table,
Du vin dont leurs vieux ans réchauffaient leur langueur,
Dans un grossier cristal épanche la liqueur ;
Et, la coupe à la main, debout, la tête nue :
Mes braves compagnons, dit-il, je vous salue !

Il boit en même temps. Les soldats attendris,
A ce noble étranger répondent par des cris.
Tous ignoraient son nom, son pays, sa naissance ;
Mais de son fier génie ils sentaient la puissance.
Leur troupe avec honneur accompagne ses pas :
Son sang est reconnu, sa grandeur ne l'est pas.

(THOMAS.)

PRIAM AUX PIEDS D'ACHILLE.

L'HORIZON se couvrait des ombres de la nuit ;
L'infortuné vieillard, qu'un dieu même a conduit,
Entre et paraît soudain dans la tente d'Achille.
Le meurtrier d'Hector, en ce moment, tranquille,
Par un léger repas suspendait ses douleurs,
Il se détourne, il voit, les yeux baignés de pleurs,
Ce roi jadis heureux, ce vieillard vénérable,
Que le fardeau des ans, que la douleur accable,
Exhalant à ses pieds ses sanglots et ses cris,
Et lui baisant la main qui fit périr son fils.
Il n'osait sur Achille encor jeter la vue ;
Il voulait lui parler, et sa voix s'est perdue.
Enfin il le regarde ; et parmi les sanglots,
Tremblant, pâle, et sans force, il prononce ces mots :
Songez, seigneur, songez que vous avez un père.
Il ne put achever... Le héros sanguinaire
Sentit que la pitié pénétrait dans son cœur.
Priam lui prend les mains : Ah ! prince ! Ah ! mon vainqueur !
J'étais père d'Hector, et ses généreux frères
Flattaient mes derniers jours, et les rendaient prospères.
Ils ne sont plus ; Hector a tombé sous vos coups...

Puisse l'heureux Pélée entre Thétis et vous
Prolonger de ses ans l'éclatante carrière !
Le seul nom de son fils remplit la terre entière :
Ce nom fait son bonheur autant que son appui !
Vos honneurs sont les siens, vos lauriers sont à lui.
Hélas ! tout mon bonheur et toute mon attente
Est de voir de mon fils la dépouille sanglante,
De racheter de vous ces restes mutilés,
Traînés devant mes yeux sous nos murs désolés :
Voilà le seul espoir, le seul bien qui me reste.
Achille, accordez-moi cette grâce funeste,
Et laissez-moi jouir de ce spectacle affreux !...
Le héros qu'attendrit ce discours douloureux,
Aux larmes de Priam répondit par des larmes.
Tous nos jours sont tissus de regrets et d'alarmes,
Lui dit-il. Par mes mains les dieux vous ont frappé.
Dans le malheur commun moi-même enveloppé,
Mourant avant le temps, loin des yeux de mon père,
Je teindrai de mon sang cette terre étrangère.
J'ai vu tomber Patrocle, Hector me l'a ravi :
Vous perdez votre fils, et je perds un ami.

(VOLTAIRE.)

LE DERNIER DES MACHABÉES.

SALOMÉ.

Où sont-ils ? où sont-ils ? Zabulon, Elcias !
Ils ne m'entendent plus... leur cœur est inflexible...
Arrêtez !... C'est en vain ; l'effort est impossible ;
Je me meurs .. Mes enfans ! hélas ! cris insensés...
Toi qui les as bénis, qui les as devancés,

Ta mère tout en pleurs t'appelle à leur défense,
Sois le même Ephraïm qui guida leur enfance;
Protége-les, remplace, en ces momens affreux,
Leur mère, hélas! trop faible et mourante comme eux....
Mais que dis-je! au supplice ils courent avec joie,
Et déjà l'échafaud tient sa nouvelle proie...
O malheureux enfans que mon sein a nourris!
Qui les reconnaîtrait? défigurés, meurtris,
Sous les fouets déchirans, sur la roue enflammée,
Cherchant pour louer Dieu leur force consumée...
Barbares, épargnez mes fils, les fils d'Aaron,
Eh quoi! tous mes enfans immolés à ton nom!...
Dieu terrible, pardonne... un fils, un seul me reste;
Prends sa mère en pitié dans ce moment funeste...
Sauve-le...

Mizaël s'avance conduit par des soldats : Salomé
le reçoit dans ses bras.

Mizaël! non, tu ne mourras pas.

MIZAEL.

Ma mère, ils n'oseront m'arracher de vos bras.

SALOMÉ.

Non.....

MIZAEL.

Contre mes bourreaux protégez ma jeunesse.

SALOMÉ.

Enfant, au nom du Ciel, cache-moi ta faiblesse...
Tu pleures... Malheureuse, et je pleure avec toi...

MIZAEL.

Hélas ! je l'avoûrai, vivre était doux pour moi ;
C'est le Seigneur, c'est vous que tour à tour j'implore :
Et pour être immolé je suis trop jeune encore.

SALOMÉ.

Oui ; mais pour te sauver mes vœux sont impuissans.
Il n'est plus qu'un moyen... Un crime... J'y consens...

Entraînant Mizaël à l'autel des faux dieux.

Proscrit, abandonné par le Dieu de tes pères,
Mon fils, voici l'autel....

Le retirant tout à coup avec force et lui montrant le Ciel.

Mon fils, voilà tes frères.

MIZAËL.

Où sont-ils maintenant ?

SALOMÉ.

Entre les bras de Dieu.

MIZAEL.

Quoi ! tous mes frères....

SALOMÉ.

Tous...

MIZAEL.

Eh bien ! ma mère, adieu !

SALOMÉ, *le serrant dans ses bras.*

O mon fils !

Antiochus arrive, Mizaël court se jeter à ses pieds.

MIZAEL.

       C'est le roi... Par tes pieds que j'embrasse,
Par ses pleurs, par les miens, sauve-moi. Grâce! grâce!

SALOMÉ, *tendant ses bras.*

Antiochus....

MIZAEL, *montrant sa mère.*

       Tu vois son trouble, son effroi....
Dis-lui que je vivrai.

ANTIOCHUS.

       Mizaël, lève-toi.
Reprenez votre fils.

SALOMÉ.

       Tu vivras!

MIZAEL.

           Il l'atteste.

SALOMÉ.

Que je m'assure bien qu'un de mes fils me reste !...
C'est lui ; c'est Mizaël qu'ils allaient égorger.
Rejeton tout sanglant, que Dieu veut protéger,
Loin de ces lieux maudits où gronde la tempête,
Viens au fond des déserts cacher ta jeune tête ;
Galaath nous attend ; fuyons-y pour toujours.

ANTIOCHUS.

C'est pour d'autres destins que je sauve ses jours.
Nos dieux n'exigent rien de son obéissance ;

Mais du nom d'Onias je connais la puissance,
Et ne veux pas qu'un jour les conseils maternels
Préparent au désert ses complots criminels.
Vous avez de son âme égaré la faiblesse ;
Ici d'autres leçons instruiront sa jeunesse.
Le fils de tant de rois doit vivre dans ma cour.
Oui, crois-en mes conseils..... libre dans ce séjour,
Ne crains plus, et deviens, sous les yeux de ton maître,
Digne de ses faveurs, qui t'attendent peut-être.

MIZAEL.

Ma mère !

SALOMÉ.

, Antiochus, qui nous tient sous sa loi,
Laisse comprendre assez ce qu'il attend de toi.
J'ai des conseils aussi que mon fils doit entendre.
Eh ! quel autre eût jamais une mère plus tendre !...
Dieu sait que tous mes fils m'occupaient nuit et jour ;
Mais mon cœur, en secret, te donnait plus d'amour.
Car tu m'avais aussi coûté plus de souffrance ;
En toi surtout vivait ma plus douce espérance ;
Aussi lorsqu'Onias, terminant son destin,
Me laissa veuve, et toi, mon cher fils, orphelin,
Je vouai devant Dieu mes jours à ta défense ;
Mes yeux incessamment veillaient sur ton enfance.
Les périls, les déserts, la colère du roi,
Excepté le Seigneur, j'ai tout bravé pour toi.
Oh ! si de tant de soins la mémoire t'est chère,
Mon fils, mon dernier fils, prends pitié de ta mère....
Viens mourir....

13.

ANTIOCHUS.

Puis-je, ô Ciel! en croire vos discours!
Vous repoussez la main qui protége vos jours!

SALOMÉ.

Eh! d'où naît dans ton cœur cet orgueil sacrilége?
Qui? toi nous protéger!... l'échafaud nous protége...

ANTIOCHUS.

Frémissez, imprudente, et pour vous et pour lui...

MIZAEL.

Il nous perdra, fuyons.

SALOMÉ.

Tes frères ont-ils fui?

ANTIOCHUS.

Enfant, sépare-toi d'une mère cruelle.

SALOMÉ.

Fils d'Onias, regarde où le Seigneur t'appelle.

ANTIOCHUS.

Je t'ouvre mon palais.

SALOMÉ.

Les Cieux s'ouvrent aussi.

ANTIOCHUS.

Ton roi parle.

SALOMÉ.

Et ton Dieu.

MIZAEL , *se jetant dans les bras de sa mère.*

Ma mère , me voici.

ANTIOCHUS.

Que fais-tu, malheureux ?

MIZAEL.

Tous mes frères m'attendent.
Ma mère, voyez-vous les palmes qu'ils nous tendent ,
Leurs tuniques d'azur ?... Je suis digne de vous ;
Je maudis les faux dieux !

ANTIOCHUS.

Tombez donc sous leurs coups.

SALOMÉ.

Tu tomberas aussi, tu tomberas sans gloire ,
Précipité tremblant de ton char de victoire.
Dieu signale à mes yeux tes horribles destins,
Et j'en frémis moi-même... Ecoute, ils sont certains.
Aux cris de mes enfans, sa justice éternelle
Montre à l'ange de mort ta tête criminelle.
C'en est fait de ton règne, et tes jours sont passés ;
Et les vers du cercueil, sous ta pourpre amassés ,
Y réclament déjà leur pâture vivante.
Tu pâlis , roi timide, et ton cœur s'épouvante !
Ecoute jusqu'au bout : je n'ai plus qu'un moment :
Mais toi, tu dois mourir long-temps et lentement....
Ta puissance finit et la mienne commence.....
Entends-tu la révolte armer un peuple immense ?
Le lion de Juda pousse des cris vainqueurs ;
Ephraïm expiré revit dans tous les cœurs.

Ce peuple a recueilli notre exemple suprême;
Il se lève, il saisit son sanglant diadème...
Tremble, je te maudis, et mon dernier adieu
Te laisse palpitant entre les mains de Dieu.

(ALEX. GUIRAUD.)

ATHALIE ET JOAS.

ATHALIE.

COMMENT vous nommez-vous?

JOAS.

J'ai nom Eliacin.

ATHALIE.

Votre père?

JOAS.

Je suis, dit-on, un orphelin,
Entre les bras de Dieu jeté dès ma naissance,
Et qui de mes parens n'eus jamais connaissance.

ATHALIE.

Vous êtes sans parens!

JOAS.

Ils m'ont abandonné.

ATHALIE.

Comment? Et depuis quand?

JOAS.

Depuis que je suis né.

ATHALIE.

Ne sait-on pas au moins quel pays est le vôtre ?

JOAS.

Ce temple est mon pays, je n'en connais point d'autre.

ATHALIE.

Où dit-on que le sort vous a fait rencontrer ?

JOAS.

Parmi des loups cruels prêts à me dévorer.

ATHALIE.

Qui vous mit dans ce temple ?

JOAS.

Une femme inconnue,
Qui ne dit point son nom, et qu'on n'a point revue.

ATHALIE.

Mais de vos premiers ans quelles mains ont pris soin ?

JOAS.

Dieu laissa-t-il jamais ses enfans au besoin ?
Aux petits des oiseaux il donne leur pâture,
Et sa bonté s'étend sur toute la nature.
Tous les jours je l'invoque, et, d'un soin paternel,
Il me nourrit des dons offerts sur son autel. . . . .
. . . .

ATHALIE.

. . . . Quel est tous les jours votre emploi ?

JOAS.

J'adore le Seigneur ; on m'explique sa loi.
Dans son livre divin on m'apprend à la lire,
Et déjà de ma main je commence à l'écrire.

ATHALIE.

Que vous dit cette loi ?

JOAS.

Que Dieu veut être aimé ;
Qu'il venge tôt ou tard son saint nom blasphémé ;
Qu'il est le défenseur de l'orphelin timide ;
Qu'il résiste au superbe, et punit l'homicide.

ATHALIE.

J'entends, mais tout ce peuple, enfermé dans ce lieu,
A quoi s'occupe-t-il ?

JOAS.

Il loue, il bénit Dieu.

ATHALIE.

Dieu veut-il qu'à toute heure, on prie, on le contemple ?

JOAS.

Tout profane exercice est banni de son temple.

ATHALIE.

Quels sont donc vos plaisirs ?

JOAS.

Quelquefois à l'autel
Je présente au grand-prêtre ou l'encens ou le sel ;

J'entends chanter de Dieu les grandeurs infinies ;
Je vois l'ordre pompeux de ses cérémonies.

ATHALIE.

Hé quoi ! vous n'avez point de passe-temps plus doux ?
Je plains le triste sort d'un enfant tel que vous.
Venez dans mon palais, vous y verrez ma gloire.

JOAS.

Moi, des bienfaits de Dieu je perdrais la mémoire !

ATHALIE.

Non ; je ne vous veux pas contraindre à l'oublier.

JOAS.

Vous ne le priez point.

ATHALIE.

Vous pourrez le prier.

JOAS.

Je verrais cependant en invoquer un autre.

ATHALIE.

J'ai mon Dieu que je sers ; vous servirez le vôtre ;
Ce sont deux puissans dieux.

JOAS.

Il faut craindre le mien :
Lui seul est Dieu, madame, et le vôtre n'est rien.

ATHALIE.

Les plaisirs près de moi vous chercheront en foule.

JOAS.

Le bonheur des méchans comme un torrent s'écoule.

ATHALIE.

Ces méchans, qui sont-ils? . . . . .

(*A Josabeth.*)

. . . . . J'aime à voir comme vous l'instruisez.

(*A Joas.*)

Enfin, Eliacin, vous avez su me plaire;
Vous n'êtes point sans doute un enfant ordinaire.
Vous voyez, je suis reine, et n'ai point d'héritier :
Laissez-là cet habit, quittez ce vil métier;
Je veux vous faire part de toutes mes richesses;
Essayez dès ce jour l'effet de mes promesses :
A ma table, partout, à mes côtés assis,
Je prétends vous traiter comme mon propre fils.

JOAS.

Comme votre fils !

ATHALIE.

Oui : vous vous taisez ?

JOAS.

Quel père

Je quitterais, et pour. . . .

ATHALIE.

Hé bien?

JOAS.

Pour quelle mèr

(RACINE.)

LUSIGNAN RAPPELLE SA FILLE
A LA RELIGION DE SES PÈRES.

Mon Dieu, j'ai combattu soixante ans pour ta gloire,
J'ai vu tomber ton peuple, et périr ta mémoire ;
Dans un cachot affreux abandonné vingt ans,
Mes larmes t'imploraient pour mes tristes enfans :
Et lorsque ma famille est par toi réunie,
Quand je trouve une fille, elle est ton ennemie.
Je suis bien malheureux !... C'est ton père, c'est moi,
C'est ma seule prison qui t'a ravi ta foi.
Ma fille, tendre objet de mes dernières peines,
Songe au moins, songe au sang qui coule dans tes veines ;
C'est le sang de vingt rois tous chrétiens comme moi ;
C'est le sang des héros, défenseurs de ma loi ;
C'est le sang des martyrs. O fille encor trop chère !
Connais-tu ton destin ? Sais-tu quelle est ta mère ?
Sais-tu bien qu'à l'instant où son flanc mit au jour
Ce triste et dernier fruit d'un malheureux amour,
Je la vis massacrer par la main forcenée,
Par la main des brigands à qui tu t'es donnée ?
Tes frères, ces martyrs égorgés à mes yeux,
T'ouvrent leurs bras sanglans tendus du haut des Cieux.
Ton Dieu que tu trahis, ton Dieu que tu blasphèmes,
Pour toi, pour l'univers, est mort en ces lieux mêmes ;
En ces lieux où mon bras le servit tant de fois,
En ces lieux où son sang te parle par ma voix.
Vois ces murs, vois ce temple, envahi par tes maîtres :
Tout annonce le Dieu qu'ont vengé tes ancêtres.
Tourne les yeux : sa tombe est près de ce palais ;

14

C'est ici la montagne où, lavant nos forfaits,
Il voulut expirer sous les coups de l'impie ;
C'est là que de la tombe il rappela sa vie.
Tu ne saurais marcher dans cet auguste lieu,
Tu n'y peux faire un pas sans y trouver ton Dieu ;
Et tu n'y peux rester sans renier ton père,
Ton honneur qui te parle, et ton Dieu qui t'éclaire.
Je te vois dans mes bras et pleurer et gémir,
Sur ton front pâlissant Dieu met le repentir ;
Je vois la vérité dans ton cœur descendue,
Je retrouve ma fille après l'avoir perdue ;
Et je reprends ma gloire et ma félicité,
En dérobant mon sang à l'infidélité.

(VOLTAIRE.)

LES RUINES DE ROME.

La voilà donc enfin, cette ville sacrée,
De tombeaux, de déserts tristement entourée !
Quel trouble à son aspect saisit le voyageur !
La reine des cités a perdu sa splendeur :
Le silence est assis sous ces voûtes antiques.
Cependant ses palais, ses temples, ses portiques,
Attestent ses grandeurs dans leurs restes confus :
Sur ces arcs mutilés vingt fleuves suspendus
Versaient en frémissant le tribut de leur onde,
Ce temple fut paré des dépouilles du monde :
Par ces portes sortaient les fières légions :
Voilà ce Capitole, effroi des nations :
De là, semblable aux dieux, Rome lançait la foudre ;
Là, les rois interdits et le front dans la poudre,

Aux portes du sénat, oubliés, sans honneur,
Attendaient pour entrer les ordres d'un licteur.
A ses pieds j'aperçois cette place fameuse
Où s'agitait, semblable à la mer orageuse,
Ce peuple ambitieux, insolent, importun,
Tyran du monde entier, esclave d'un tribun.
Ordonne; et des héros, parmi ces beaux décombres,
L'imagination va t'évoquer les ombres :
Les vois-tu s'élevant, sortant de toutes parts?
Voilà ces vieux enfans de la fille de Mars,
Honneur de ses conseils, appui de ses murailles,
Qui labouraient leurs champs, et gagnaient des batailles.
Moins grands, plus redoutés, paraissaient après eux
Les fils dégénérés de ces pères fameux;
Entouré de soldats, Marius inflexible,
A ses portes s'assied, tel qu'un spectre terrible;
L'affreux Sylla le suit, les yeux étincelans :
Rome entière est noyée au sang de ses enfans !
Illustres conjurés, les *Brute*, les *Cassie*,
Frappent le grand César sans sauver la patrie;
Et ces Romains par eux méconnus trop long-temps,
A la place d'un maître ont reçu trois tyrans.
Ces monstres, les vois-tu, de sang insatiables,
Relever de Sylla les tables effroyables;
Transformer en bourreaux leurs farouches soldats,
Et, volant d'une orgie à des assassinats,
Faire un lâche trafic des plus grandes victimes?
Par des crimes unis, divisés par des crimes,
Ils ébranlent la terre, ils marchent, opposant
L'Italie à l'Egypte, et l'aurore au couchant.
Tourne ici tes regards : enfin l'heureux Octave,

Ceint d'un triple' laurier, rentre dans Rome esclave.
Traînant ces vils Romains attachés à son char,
Il rentre, roi du monde, héritier de César;
Et pliant à son gré son affreux caractère,
Devient prince clément de tyran sanguinaire.
Rome de ses débris sort plus belle à sa voix;
Et, dans l'heureux loisir de la paix et des lois,
Tandis qu'aux jeux du cirque, aux pompes du théâtre,
S'empresse un peuple entier, de ces jeux idolâtre,
Sa main d'un grand pouvoir pose les fondemens.
Ils sont debout encor, ces vastes monumens,
Où, par les mêmes jeux, de ces Romains volages
Les cruels successeurs mendiaient les suffrages;
Parcourons leurs détours obscurs, silencieux.
Jadis, aux feux naissans d'un jour pur, radieux,
Des flots de spectateurs inondaient ces portiques;
Ne crois-tu pas les voir, ces fêtes magnifiques,
Dignes d'un peuple roi, dignes des immortels?
L'encens de tout côté fumait sur les autels;
Aux chants religieux de la pompe sacrée
Se mêlaient les transports de la foule enivrée,
Les cris des conducteurs, le bruit confus des chars;
Sur ces marbres brisés s'asseyaient les Césars;
L'or, la pourpre, flottaient sur l'arène embrasée,
Des voûtes les parfums descendaient en rosée :
De ces gouffres sortaient, traînés par des soldats,
Ces tristes combattans dévoués au trépas;
C'est ici qu'ils tombaient : là, des vierges timides
Se levaient en silence, et de meurtres avides,
Proscrivant le vaincu d'un geste menaçant,
De l'œil suivaient le fer dans son sein palpitant :

La victime expirait et ces peuples féroces,
De leur joie inhumaine et de leurs cris atroces
Ebranlaient cette enceinte et fatiguaient les cieux.
O Rome, dont j'abhorre et les mœurs et les jeux,
Même alors que j'admire et vante ton génie,
Que ton sort est changé! Que le Ciel t'a punie!
L'herbe croît dans ces murs où brillaient tes splendeurs;
Ta campagne n'a plus ni troupeaux ni pasteurs;
Et Babylone et Tyr, du Dieu vivant frappées,
Dans un deuil moins affreux furent enveloppées.

(SAINT-VICTOR.)

LES CATACOMBES DE ROME.

Sous les remparts de Rome, et sous ses vastes plaines,
Sont des antres profonds, des voûtes souterraines
Qui, pendant deux mille ans, creusés par les humains,
Donnèrent leurs rochers aux palais des Romains.
Avec ses monumens et sa magnificence,
Rome entière sortit de cet abîme immense.
Depuis, loin des regards et du fer des tyrans,
L'Eglise encor naissante y cacha ses enfans,
Jusqu'au jour où, du sein de cette nuit profonde,
Triomphante, elle vint donner des lois au monde,
Et marqua de sa croix les drapeaux des Césars.

Jaloux de tout connaître, un jeune amant des arts,
L'amour de ses parens, l'espoir de la peinture,
Brûlait de visiter cette demeure obscure,
De notre antique foi vénérable berceau.
Un fil dans une main, et dans l'autre un flambeau,

14.

Il entre ; il se confie à ces voûtes nombreuses
Qui croisent en tous sens leurs routes ténébreuses.
Il aime à voir ce lieu, sa triste majesté,
Ce palais de la nuit, cette sombre cité,
Ces temples où le Christ vit ses premiers fidèles,
Et de ces grands tombeaux les ombres éternelles.
Dans un coin écarté se présente un réduit,
Mystérieux asile où l'espoir le conduit.
Il voit des vases saints et des urnes pieuses,
Des vierges, des martyrs, dépouilles précieuses.
Il saisit ce trésor ; il veut poursuivre : hélas !
Il a perdu le fil qui conduisait ses pas.
Il cherche, mais en vain : il s'égare, il se trouble ;
Il s'éloigne, il revient, et sa crainte redouble ;
Il prend tous les chemins que lui montre la peur.

Enfin, de route en route, et d'erreur en erreur,
Dans les enfoncemens de cette obscure enceinte,
Il trouve un vaste espace, effrayant labyrinthe,
D'où vingt chemins divers conduisent à l'entour.
Lequel choisir? lequel doit le conduire au jour?
Il les consulte tous : il les prend, il les quitte ;
L'effroi suspend ses pas, l'effroi les précipite ;
Il appelle : l'écho redouble sa frayeur ;
De sinistres pensers viennent glacer son cœur.
L'astre heureux qu'il regrette a mesuré dix heures
Depuis qu'il est errant dans ces noires demeures.
Ce lieu d'effroi, ce lieu d'un silence éternel,
En trois lustres entiers voit à peine un mortel ;
Et, pour comble d'effroi, dans cette nuit funeste,
Du flambeau qui le guide il voit périr le reste.

Craignant que chaque pas, que chaque mouvement.
En agitant la flamme, en use l'aliment,
Quelquefois il s'arrête et demeure immobile.
Vaines précautions! tout soin est inutile;
L'heure approche, et déjà son cœur épouvanté
Croit de l'affreuse nuit sentir l'obscurité.

Il marche, il erre encor sous cette voûte sombre,
Et le flambeau mourant fume et s'éteint dans l'ombre.
Il gémit; toutefois d'un souffle haletant,
Le flambeau ranimé se rallume à l'instant.
Vain espoir! par le feu la cire consumée,
Par degrés s'abaissant sur la mèche enflammée,
Atteint sa main souffrante, et de ses doigts vaincus
Les nerfs découragés ne la soutiennent plus.
De son bras défaillant enfin la torche tombe,
Et ses derniers rayons ont éclairé sa tombe....
L'infortuné déjà voit cent spectres hideux;
Le délire brûlant, le désespoir affreux,
La mort.... Non cette mort qui plaît à la victoire,
Qui vole avec la foudre et que pare la gloire;
Mais lente, mais horrible, et traînant par la main
La faim qui se déchire et se ronge le sein.
Son sang, à ces pensers, s'arrête dans ses veines.
Et quels regrets touchans viennent aigrir ses peines!
Ses parens, ses amis qu'il ne reverra plus,
Et ses nobles travaux qu'il laissa suspendus;
Ces travaux qui devaient illustrer sa mémoire,
Qui donnaient le bonheur et promettaient la gloire!
Et celle dont l'amour, celle dont le souris
Fut son plus doux éloge et son plus digne prix!

Quelques pleurs de ses yeux coulent à cette image,
Versés par le regret, et séchés par la rage.
Cependant il espère ; il pense quelquefois
Entrevoir des clartés, distinguer une voix.
Il regarde, il écoute... Hélas ! dans l'ombre immense
Il ne voit que la nuit, n'entend que le silence,
Et le silence ajoute encore à sa terreur.

Alors, de son destin sentant toute l'horreur,
Son cœur tumultueux roule de rêve en rêve ;
Il se lève, il retombe, et soudain se relève,
Se traîne quelquefois sur de vieux ossemens,
De la mort qu'il veut fuir horribles monumens ;
Quand tout à coup son pied trouve un léger obstacle ;
Il y porte la main. O surprise ! ô miracle !
Il sent, il reconnaît le fil qu'il a perdu,
Et de joie et d'espoir il tressaille éperdu.
Ce fil libérateur, il le baise, il l'adore,
Il s'en assure, il craint qu'il ne s'échappe encore ;
Il veut le suivre, il veut revoir l'éclat du jour.
Je ne sais quel instinct l'arrête en ce séjour.
A l'abri du danger son âme encor tremblante
Veut jouir de ces lieux et de son épouvante.
A leur aspect lugubre, il éprouve en son cœur
Un plaisir agité d'un reste de terreur ;
Enfin, tenant en main son conducteur fidèle,
Il part, il vole aux lieux où la clarté l'appelle.
Dieu ! quel ravissement quand il revoit les cieux,
Qu'il croyait pour jamais éclipsés à ses yeux !
Avec quel doux transport il promène sa vue
Sur leur majestueuse et brillante étendue !

La cité, le hameau, la verdure, les bois,
Semblent s'offrir à lui pour la première fois;
Et, rempli d'une joie inconnue et profonde,
Son cœur croit assister au premier jour du monde.

(DELILLE.)

ATHÈNES.

JE venais de quitter la terre, dont le bruit
Loin, bien loin sur les flots vous tourmente et vous suit;
Cette Europe où tout croule, où tout craque, où tout lutte;
Où de quelques débris chaque heure attend la chute...
Mon navire, poussé par l'invisible main,
Glissait en soulevant l'écume du chemin;
Douze fois le soleil, comme un Dieu qui se couche,
Avait roulé sur lui l'horizon de sa couche,
Et s'était relevé, bondissant dans les airs,
Comme un aigle de feu, de la crête des mers;
Mes mâts dorment, pliant l'aile sous les antennes,
Mon ancre mord le sable, et je suis dans Athènes!

Il est l'heure où jadis cette ville de bruit,
Muette un peu de temps sous le doigt de la nuit,
S'éveillant tour à tour dans la gloire ou la honte,
Roulait ses flots vivans comme une mer qui monte;
Chaque vent les poussait à leurs ambitions,
Les uns à la vertu, d'autres aux factions,
Périclès au forum, Thémistocle aux rivages,
Aux armes les héros, au Portique les sages,
Aristide à l'exil, et Socrate à la mort,
Et le peuple au hasard, et du crime au remords!

Au pied du Panthéon, qu'un homme en turban garde,
J'entends venir le jour, je marche et je regarde,
Du haut du Cythéron le rayon part : le jour
De cent chauves sommets va frapper le contour,
De leurs flancs à leurs pieds, des champs aux mers d'Illysse,
Sans que rien le colore et rien le réfléchisse,
Ni cités éclatant de feux dans le lointain,
Ni fumée ondoyante au souffle du matin,
Ni hameaux suspendus au penchant des montagnes,
Ni voiles sur les eaux, ni tours dans les campagnes.
La lumière, en passant sur ce sol du trépas,
Y tombe morte à terre. et n'en rejaillit pas ;
Seulement le rayon le plus haut de l'Aurore
Effleure sur mon front le Parthénon qu'il dore ;
Puis, glissant à regret sur ses créneaux noircis
Où dort, la pipe en main, le janissaire assis,
Va, comme pour pleurer la corniche brisée,
Mourir sur le fronton du temple de Thésée !
Deux beaux rayons jouant sur deux débris : voilà
Tout ce qui brille encore, et dit : Athène est là !

(LAMARTINE.)

LES ENVIRONS DE NAPLES ET DU VÉSUVE.

MAIS vers ces bords rians Parthénope m'appelle.
Là, se présente aux yeux une scène nouvelle,
Là, je vois rassemblés dans de vastes tableaux
Tous les effets du ciel, et des feux, et des eaux.
Combien de souvenirs consacrés par l'histoire,
Combien d'illusions chères à la mémoire,
Dans ce premier berceau de la gloire et des arts,

Viennent au cœur ému s'offrir de toutes parts !
Eh ! quel lieu fut jamais en grands noms plus fertile ?
Ici naquit le Tasse, et là mourut Virgile.
C'est là, c'est dans ces champs qu'Hésiode à la main,
Epris de leurs beautés, le poète romain
Chantait dans le repos ses douces Géorgiques;
C'est là qu'il exhalait les plaintes énergiques
Où vivra de Didon l'éternelle douleur.
Mais d'un sol vigoureux qui peindra la couleur,
Et le pampre accablé sous sa grappe opulente,
Et des volcans noircis la flamme étincelante,
Et l'île au triple front, et le ciel enchanté,
Et d'une double mer la double immensité ?
O vieux géant ! O toi, dont la bouche embrasée,
Sur ces bords qu'embellit l'éclat de l'Elysée,
Epanche trop souvent les laves des enfers,
Vésuve, tu rugis, tes flancs se sont ouverts;
L'onde qui bat tes pieds a fait fumer ta cime;
La mer, dans tes fourneaux, que sa fureur anime,
Se roule, et les torrens s'échappent à grand bruit;
Mille langues de feu se croisent dans la nuit....
Mais le fleuve enflammé, plus bruyant que l'orage,
Se plonge dans la mer qui nourrissait sa rage,
La mer, en frémissant, le reçoit dans son sein.
Oh ! quel combat alors ébranle son bassin !
Le volcan à la mer vient rendre sa secousse,
Et heurte avec fracas les ondes qu'il repousse.
Ainsi, lorsque Vulcain, près de ces mêmes lieux,
Forge, aux flancs de l'Etna, des foudres pour les dieux,
Dans la mer frémissante il trempe le tonnerre,
Et des deux élémens renouvelle la guerre.

Cependant l'eau bouillonne, et d'immenses vapeurs
Enveloppent les cieux de leurs voiles trompeurs ,
Et le soleil qui sort de la mer enflammée,
Parmi les flots rougis d'une ardente fumée,
De son disque agrandi montre les bords sanglans,
Et d'un œil effrayé voit ces gouffres brûlans.

Enfin, quand Amphitrite à pas lents se retire,
Le noir Typhon s'apaise et son courroux expire ;
Et Vulcain fatigué meurt faute d'aliment.
Mais le monde alarmé le revoit rarement.
O Vésuve ! O fléau, qui, par de longs ravages,
Signales ton retour dans les fastes des âges ;
Et des tours et des murs, en ton sein foudroyés,
Entretiens si long-temps les peuples effrayés !
Les peuples cependant près de toi se rallient ;
A tes pieds embrasés les fleurs se multiplient,
Tu redoubles la vie et la fertilité !
Des conquêtes du feu quand le temps irrité
Aura mêlé, pétri cette cendre féconde,
Sur un monde détruit va naître un nouveau monde.

(CHÊNEDOLLÉ.)

L'ÉDEN.

Du marbre, de l'airain, qu'un vain luxe prodigue,
Des ornemens de l'art, l'œil bientôt se fatigue ;
Mais les bois, mais les eaux, mais les ombrages frais,
Tout ce luxe innocent ne fatigue jamais.
Aimez donc des jardins la beauté naturelle :
Dieu lui-même aux mortels en traça le modèle.
Regardez, dans Milton, quand ses puissantes mains

réparent un asile au premier des humains :
e voyez-vous tracer des routes régulières,
ontraindre dans leurs cours des ondes prisonnières ?
e voyez-vous parer d'étrangers ornemens
'enfance de la terre et son premier printemps?
ans contrainte, sans art, de ces douces prémices
a nature épuisa ses plus pures délices.
es plaines, des coteaux le mélange charmant,
es ondes à leur choix errantes mollement,
es sentiers sinueux les routes indécises,
e désordre enchanteur, les piquantes surprises,
es aspects où les yeux hésitaient à choisir,
ariaient, suspendaient, prolongeaient leur plaisir.
ur l'émail velouté d'une fraîche verdure,
ille arbres, de ces lieux ondoyante parure,
harme de l'odorat, du goût et des regards,
'légamment groupés, négligemment épars,
e fuyaient, s'approchaient, quelquefois à leur vue
uvraient dans le lointain une scène imprévue;
u, tombant jusqu'à terre, et recourbant leurs bras,
enaient d'un doux obstacle embarrasser leurs pas,
u pendaient sur leur tête en festons de verdure,
t de fleurs, en passant, semaient leur chevelure.
irai-je ces forêts d'arbustes, d'arbrisseaux,
ntrelaçant en voûte, en alcove, en berceaux,
eurs bras voluptueux et leurs tiges fleuries?
C'est là que, les yeux pleins de tendres rêveries,
Ève à son jeune époux abandonna sa main,
Et rougit comme l'aube aux portes du matin.
Tout les félicitait dans toute la nature,
Le ciel par son éclat, l'onde par son murmure;

La terre, en tressaillant, ressentit leurs plaisirs ;
Zéphire aux autres vents redisait leurs soupirs ;
Les arbres frémissaient, et la rose inclinée
Versait tous ses parfums sur le lit d'hyménée.

O bonheur ineffable ! ô fortunés époux !
Heureux dans ces jardins, heureux qui, comme vous,
Vivrait, loin des tourmens où l'orgueil est en proie,
Riche de fruits, de fleurs, d'innocence et de joie !

(DELILLE.)

TABLEAU DU DÉLUGE.

C'était l'heure où la nuit laisse le ciel au jour :
Les constellations, pâlissaient tour à tour ;
Et jetant à la terre un regard triste encore,
Couraient vers l'orient se perdre dans l'aurore,
Comme si pour toujours elles quittaient les yeux
Qui lisaient leur destin sur elles dans les cieux.
Le soleil dévoilant sa figure agrandie,
S'éleva sur les bois comme un vaste incendie ;
Et la terre aussitôt s'agitant longuement,
Salua son retour par un gémissement.
Réunis sur les monts, d'immobiles nuages
Semblaient y préparer l'arsenal des orages ;
Et sur leurs fronts noircis qui partageaient les cieux
Luisaient incessamment l'éclair silencieux.
Tous les oiseaux, poussés par quelque instinct funeste,
S'unissaient dans leur vol en un cercle céleste ;
Comme des exilés qui se plaignent entre eux,
Ils poussaient dans les airs de longs cris douloureux.

La terre cependant montrait ses lignes sombres
Au jour pâle et sanglant qui faisait fuir les ombres;
Mais, si l'homme y passait, on ne pouvait le voir :
Chaque cité semblait comme un point vague et noir,
Tout le mont s'élevait à des hauteurs immenses !
Et des fleuves lointains les faibles apparences
Ressemblaient au dessin par le vent effacé
Que le doigt d'un enfant sur le sable a tracé...
Mais les vapeurs du ciel, comme de noirs fantômes,
Amènent tous ces bruits, ces lugubres symptômes
Qui devaient, sans manquer au moment attendu,
Annoncer l'agonie à l'univers perdu.

(A. DE VIGNY.)

ORIGINE DE L'ASTRONOMIE.

AVANT qu'un tronc creusé par de sauvages mains
Eût tracé sur les eaux de liquides chemins ;
Avant qu'un soc pesant, au laboureur docile,
Apprît à féconder une terre infertile,
L'homme observait déjà ces globes éclatans
Qui roulaient sur sa tête et mesuraient les temps;
Il épiait des nuits la mobile courrière,
Qui des premiers humains fut l'horloge première ;
Déjà l'art d'Uranie occupait ses regards,
Et l'étude des cieux fut le premier des arts.

Aux lieux où, rayonnant des clartés éternelles,
Les cieux sont toujours purs et les nuits toujours belles,
Où l'Euphrate, roulant ses flots au loin couverts
De l'ombrage fleuri de palmiers toujours verts,
Voit de feux plus puissans la nature animée

Prodiguer la cinname et la myrrhe embaumée,
Le pasteur de Babel, en gardant ses troupeaux,
Observa le premier les célestes flambeaux ;
Et, la nuit, promenant ses tentes égarées,
Osa du firmament diviser les contrées.
Bientôt, encouragé par ses premiers essais,
Sa main, pour le soleil, ouvrit douze palais,
Et dans les champs d'azur il lui marqua sa route.
Cet astre, en voyageant sur la céleste voûte,
Rencontra le Belier, la Vierge, le Verseau,
Où l'année en naissant retrouve son berceau,
Et le Lion brûlant, et le froid Sagittaire.
Alors le ciel régla les travaux de la terre ;
Et l'homme, pour semer, ou couper ses moissons,
Consulta dans les cieux le cercle des saisons. ·
La terre et l'empyrée échangeaient leurs annales :
Le berger chaldéen, de ses mains pastorales,
Gravant sur un rocher les archives des cieux,
Déjà les transmettait aux peuples curieux.

(CHÊNEDOLLÉ.)

LES MONDES.

Tout passe donc, hélas ! Ces globes inconstans
Cèdent, comme le nôtre, à l'empire du temps ;
Comme le nôtre aussi sans doute ils ont vu naître
Une race pensante, avide de connaître :
Ils ont eu des Pascals, des Leibnitz, des Buffons.
Tandis que je me perds en ces rêves profonds,
Peut-être un habitant de Vénus, de Mercure,
De ce globe voisin qui blanchit l'ombre obscure,

Se livre à des transports aussi doux que les miens.
Ah! si nous rapprochions nos hardis entretiens!
Cherche-t-il quelquefois ce globe de la terre,
Qui dans l'espace immense, en un point se resserre?
A-t-il pu soupçonner qu'en ce séjour de pleurs
Rampe un être immortel qu'ont flétri les douleurs?
Habitans inconnus de ces sphères lointaines,
Sentez-vous nos besoins, nos plaisirs et nos peines?
Connaissez-vous nos arts? Dieu vous a-t-il donné
Des sens moins imparfaits, un destin moins borné?
Royaumes étoilés, célestes colonies,
Peut-être enfermez-vous ces esprits, ces génies,
Qui, par tous les degrés de l'échelle du ciel,
Montaient, suivant Platon, jusqu'au trône éternel.
Si pourtant, loin de nous, de ce vaste empyrée,
Un autre genre humain peuple une autre contrée,
Hommes, n'imitez pas vos frères malheureux.
En apprenant leur sort, vous gémirez sur eux.
Vos larmes mouilleraient nos fastes lamentables,
Tous les siècles en deuil, l'un à l'autre semblables,
Courent sans s'arrêter, foulant de toutes parts
Les trônes, les autels, les empires épars;
Et, sans cesse frappés de plaintes importunes,
Passent en me contant leurs longues infortunes.
Vous, hommes, nos égaux, puissiez-vous être, hélas!
Plus sages, plus unis, plus heureux qu'ici-bas!

(DE FONTANES.)

LES QUATRE AGES DE LA VIE.

SANS soin du lendemain, sans regret de la veille,
L'enfant joue et s'endort, pour jouer se réveille.

15.

Trop faible encor, son cœur ne saurait soutenir
Le passé, le présent, et l'immense avenir.
A peine au présent seul son âme peut suffire ;
Le présent seul est tout : un coin est son empire,
Un hochet son trésor, un point l'immensité,
Le soir son avenir, un jour l'éternité.
Mais l'homme tout entier est caché dans l'enfance :
Ainsi le faible gland renferme un chêne immense.

Par l'ardeur de ses sens le jeune homme emporté
Dévore le présent avec avidité,
Mais il ne peut fixer sa fougue vagabonde :
Plein des brûlans transports dont son cœur surabonde,
Il déborde, pareil à l'élément fumeux
Qui croît, monte, et répand des bouillons écumeux,
Devance l'avenir, entend de loin la gloire,
Appelle à lui les arts, les plaisirs, la victoire ;
Rêve de longs succès, rêve de longs amours,
Et d'une trame d'or file, en riant, ses jours.
Age aimable, âge heureux, ton plus bel apanage,
Ce n'est donc point l'amour, la beauté, le courage,
Et la gloire si belle, et les plaisirs si doux !
Non, tu sais espérer : ce plaisir les vaut tous.

L'âge mûr, à son tour, solstice de la vie,
S'arrête, et sur lui-même un instant se replie,
Et tantôt en arrière, et tantôt devant soi,
Se tourne sans regret, ou marche sans effroi.
Ce n'est plus l'homme en fleurs nous faisant des promesses ;
C'est l'homme en plein rapport déployant ses richesses.
Ses esprits ont calmé leurs bouillons trop ardens ;

La prudence est active, et ses transports prudens;
Ses conseils sont nos biens, sa sagesse est la nôtre;
La moitié de sa vie est la leçon de l'autre;
Et sur le temps passé mesurant l'avenir,
Prévoir, pour sa raison, n'est que se souvenir.

Hélas! telle n'est point la vieillesse cruelle;
Elle n'attend plus rien, on n'attend plus rien d'elle.
Si la raison encor lui permet de prévoir,
C'est des yeux de la crainte, et non plus de l'espoir.
Voyez ce chêne antique: en son âge encor tendre,
Dans les champs paternels il aimait à s'étendre;
Chaque jour plus robuste, et plus audacieux,
Il plongeait dans la terre, il s'élançait aux Cieux;
Mais quand l'âge a durci sa racine débile,
Dans la terre marâtre il languit immobile,
Et voilà la vieillesse! Adieu les grands desseins!
Adieu l'amour, les vœux, l'hommage des humains!
Pour le soleil couchant il n'est point d'idolâtre;
Déplacé sur la scène, il descend du théâtre;
Alors n'attendant rien ni du temps ni d'autrui,
Il revient au présent, se ramène sur lui.
Que dis-je? le présent est un tourment lui-même:
Il se rejette donc sur le passé qu'il aime;
Il cherche à consoler, par un doux souvenir,
Et la douleur présente et les maux à venir:
Et même lorsqu'il touche à l'extrême vieillesse,
Quelque ombre de bonheur charme encor sa faiblesse.
Du festin de la vie, où l'admirent les dieux,
Ayant goûté long-temps les mets délicieux,
Convive satisfait, sans regret, sans envie,

S'il ne vit pas, du moins il assiste à la vie.
Ce qu'il fit autrefois, il le voit aujourd'hui,
Et le présent lui-même est le passé pour lui.

(DELILLE.)

LES FLEURS.

MAIS parmi tous ces plants, prodigués sans mesure,
Puis-je oublier les fleurs, luxe de la nature!
Les fleurs, son plus doux soin, les fleurs, berceau des fruits!
Quelle forme élégante et quel frais coloris!
C'est l'azur, le rubis, l'opale, la topaze,
Tournés en globe, en frange, en diadème, en vase,
Les fleurs charment le goût, l'odorat et les yeux;
Dans les palais des rois, dans les temples des dieux,
Souvent l'or fastueux le cède à leurs guirlandes :
Amour ne reçoit point de plus douces offrandes.
Agréables encor, même dans leurs débris,
Nous changeons en parfums leurs feuillages flétris.
Odorante liqueur, pâte délicieuse,
Quels dons ne nous fait pas leur sève précieuse!
Les fleurs du doux plaisir sont l'emblème riant.
Si j'en crois le récit des peuples d'Orient,
Pour donner un langage à ses douleurs secrètes,
Souvent plus d'un captif en fit ses interprètes;
En peignant par leur teinte ou l'espoir ou l'ennui,
Les fleurs interrogeaient et répondaient pour lui.
Pour rendre leurs contours, leur flexible souplesse,
Le marbre même semble emprunter leur mollesse;
Le peintre les chérit; sous les doigts du brodeur,
L'art n'en laisse au désir regretter que l'odeur,

Et dresse un piége adroit au papillon volage :
Tant l'homme aime les fleurs jusque dans leur image !
Si ces temps ne sont plus où, dans les jours de deuil,
Les fleurs suivaient les morts ou paraient leur cercueil ;
Si nous ne voyons plus dans leurs jeux funéraires
Les fleurs s'entrelacer aux urnes cinéraires,
La pastourelle encore en forme ses bouquets :
Elles parent nos fronts, parfument nos banquets,
Et parmi les cristaux, belles sans artifice,
De nos brillans desserts couronnent l'édifice.
Hôte aimable des champs, ce peuple quelquefois
Vient vivre parmi nous, et se plaît sous nos toits ;
Trompe l'hiver jaloux dans l'abri d'une serre,
Se mire dans les eaux et tapisse la terre ;
Et sur la mer enfin, souvent aux matelots
Leur parfum présagea la terre et le repos.

(DELILLE.)

LA ROSE.

Mais, au souffle embaumé des brises matinales,
Déployant de son sein les couleurs virginales,
Emblème ravissant de pudeur et d'amour,
La rose, au front de mai, vient briller à son tour.
Salut, reine des fleurs ! salut, vermeille rose !
A peine le matin a vu ta fleur éclose,
Que les jeunes zéphyrs, d'un doux zèle emportés,
Racontent ta naissance aux bosquets enchantés ;
Et le printemps ravi, que ton éclat décore,
Te remet la couronne et le sceptre de Flore.
Oh ! tu mérites bien la douce royauté

Que la main du Printemps décerne à la beauté!
N'es-tu pas de l'Amour le riant interprète,
L'ornement de la vierge, et l'amour du poète?
O fleur! tu fais briller d'un éclat enflammé
Le sein vermeil et frais du printemps parfumé;
Au front de la pudeur tu souris et reposes,
Et le char du matin est rougi de tes roses.
Mais, hélas! combien peu vont durer ses couleurs!
L'aube en vain lui versa le tribut de ses pleurs;
Deux soleils, en passant, ont hâté sa vieillesse:
Ce matin, riche encor de grâce et de jeunesse,
Elle était du jardin l'espérance et l'amour;
Mais la rose a vieilli dans l'espace d'un jour.
De cette tête, en vain par les grâces ornée,
Le soir j'ai vu tomber la couronne fanée,
Et les zéphyrs ingrats, sur les gazons fleuris,
De la rose, à mes pieds, ont roulé les débris.

(CHÊNEDOLLÉ.)

LES ABEILLES.

Mais quel bourdonnement a frappé mes oreilles?
Ah! je les reconnais, mes aimables abeilles.
Cent fois on a chanté ce peuple industrieux;
Mais comment, sans transport, voir ces filles des cieux?
Quel art bâtit leurs murs, quel travail peut suffire
A ces trésors de miel, à ces amas de cire?
Je ne vous dirai point leurs combats éclatans,
Si la mort est donnée à l'un des combattans,
Si ce peuple est régi par une seule reine,
S'il peut d'un ver commun créer sa souveraine;

Si leur cité contient trois peuples à la fois,
Epoux, reine, ouvrière, hôtes des mêmes toits;
D'autres décideront : mais leur noble industrie,
Mais ces hardis calculs de leur géométrie,
Leurs fonds pyramidaux savamment compassés,
En six angles égaux leurs bâtimens tracés,
Cette forme, élégante autant que régulière,
Qui ménage l'espace autant que la matière;
Cette reine étonnante en sa fécondité,
Qui seule tous les ans fait sa postérité,
Et les profonds respects de son peuple qui l'aime,
Sont toujours un prodige, et non pas un problème :
Aussi de nos savans le regard curieux
Souvent pour une ruche abandonne les cieux.
Les Gébet, les Reaumur ont décrit ces merveilles,
Et le chantre d'Auguste a chanté les abeilles.

(Delille.)

LE CHIEN.

A leur tête est le chien, aimable autant qu'utile,
Superbe et caressant, courageux, mais docile.
Formé pour le conduire et pour le protéger,
Du troupeau qu'il gouverne il est le vrai berger.
Le Ciel l'a fait pour nous, et dans leur cour rustique
Il fut des rois pasteurs le premier domestique.
Redevenu sauvage, il erre dans les bois :
Qu'il aperçoive l'homme, il rentre sous ses lois :
Et par un vieil instinct, qui jamais ne s'efface,
Semble de ses amis reconnaître la race.

Gardant du bienfait seul le doux ressentiment,
Il vient lécher ma main après le châtiment;
Souvent il me regarde; humide de tendresse,
Son œil affectueux implore une caresse.
J'ordonne, il vient à moi; je menace, il me fuit;
Je l'appelle, il revient; je fais signe, il me suit,
Je m'éloigne, quels pleurs! je reviens, quelle joie!
Chasseur sans intérêt, il m'apporte sa proie.
Sévère dans la ferme, humain dans la cité,
Il soigne le malheur, conduit la cécité;
Et moi, de l'Hélicon malheureux Bélisaire,
Peut-être un jour ses yeux guideront ma misère.
Est-il hôte plus sûr, ami plus généreux?
Un riche marchandait le chien d'un malheureux;
Cette offre l'affligea : Dans mon destin funeste,
Qui m'aimera, dit-il, si mon chien ne me reste?
Point de trève à ses soins, de borne à son amour,
Il me garde la nuit, m'accompagne le jour.
Dans la foule étonnée on l'a vu reconnaître,
Saisir et dénoncer l'assassin de son maître;
Et, quand son amitié n'a pu le secourir,
Quelquefois sur sa tombe il s'obstine à mourir.

Enfin le grand Buffon écrivit son histoire;
Homère, l'a chanté, rien ne manque à sa gloire :
Et, lorsqu'à son retour, le chien d'Ulysse absent
Dans l'excès du plaisir meurt en le caressant,
Oubliant Pénélope, Eumée, Ulysse même,
Le lecteur voit en lui le héros du poème.

(DELILLE.)

LE COIN DU FEU.

Le foyer, des plaisirs est la source féconde ;
Il fixe doucement notre humeur vagabonde.
Au retour du printemps, de nos toits échappés ,
Nous portons en cent lieux nos esprits dissipés.
Le printemps nous disperse, et l'hiver nous rallie.
Auprès de nos foyers notre âme recueillie
Goûte ce doux commerce à tous les cœurs si cher.
Oui, l'instinct social est enfant de l'hiver.
En cercle un même attrait rassemble autour de l'âtre
La vieillesse conteuse et l'enfance folâtre.
Là courent à la ronde , et les propos joyeux,
Et la vieille romance, et les aimables jeux ;
Là, se dédommageant de ses longues absences,
Chacun vient retrouver ses vieilles connaissances.
Là s'épanche le cœur ; le plus pénible aveu ,
Long-temps captif ailleurs, échappe au coin du feu.
Comme aux jours fortunés des pénates antiques,
Le foyer est le dieu des vertus domestiques.
Là reviennent s'unir les parens, les maris,
Qui vivaient séparés sous les mêmes lambris.
En vain des deux côtés la mésintelligence
Amène le soupçon, le dégoût, la vengeance,
Le fol entêtement, l'inflexible raideur,
Et la froide réserve, au visage boudeur ;
Là vient se renouer la douce causerie.
Chacun en la contant recommence sa vie :
L'un redit ses combats, un autre son procès ;
Cet autre ses amours ; d'autres, plus indiscrets,

16

Comme moi d'un ami tentant la patience,
De leurs vers nouveau-nés lui font la confidence.

Le foyer, du talent est aussi le berceau.
Là, je vois s'essayer le crayon, le pinceau,
Le luth mélodieux, l'industrieuse aiguille ;
Tantôt c'est un roman qu'on écoute en famille.
Vous dirai-je ces jeux dont les amusemens
De la journée oisive occupent les momens,
Abrégent la soirée, et prolongent la veille ?
Mais la maternité, de l'œil et de l'oreille,
Suit leurs joyeux débats, tempère la gaîté,
Et la sagesse impose à la témérité.
Ici, sous des genoux qui se courbent en voûte,
Une pantoufle agile, en déguisant sa route,
Va, vient, et quelquefois, par son bruit agaçant,
Sur le parquet battu se trahit en passant.
Ailleurs par deux rivaux la raquette empaumée
Attend, reçoit, renvoie une balle emplumée,
Qui, toujours arrivant, et repartant toujours,
Par le même chemin recommence son cours,
Retombe quelquefois, et, par coup habile,
Relevée aussitôt, reprend son vol agile.
La beauté quelquefois se mêle à ces combats,
Et se plaît à montrer la rondeur d'un beau bras.
Ailleurs un jeune aveugle, un bandeau sur la tête,
Poursuit, saisit, devine et nomme sa conquête ;
Et souvent dans ces jeux l'heureux colin-maillard
Trouve mieux qu'il ne cherche, et rend grâce au hasard.
Des tablettes ailleurs étalent à la vue
Des beaux esprits du temps l'innombrable cohue ;

Et des journaux malins font passer les auteurs,
Des bravos du parterre au rire des lecteurs.
Là, sont accumulés, pour amuser les belles,
Histoires et romans, et contes et nouvelles.
Là, chacun, s'endormant sur les rêves d'autrui,
Peut changer de sottise, et choisir son ennui.
Enfin, au coin du feu nos aimables convives
Vont achever du soir les heures fugitives.
Autour d'eux sont placés des damiers, des cornets;
L'un se plaint d'un échec, et l'autre d'un sonnez;
Tour à tour on querelle, on bénit la fortune;
Et tous contre l'hiver, tous font cause commune.

Suis-je seul? je me plais encore au coin du feu.
De nourrir mon brasier mes mains se font un jeu.
J'agace mes tisons; mon adroit artifice
Reconstruit de mon feu le savant édifice.
J'éloigne, je rapproche, et du hêtre brûlant
Je corrige le feu trop rapide ou trop lent.
Chaque fois que j'ai pris mes pincettes fidèles,
Partent, en pétillant, des milliers d'étincelles.
J'aime à voir s'envoler leurs légers bataillons.
Que m'importe du nord les fougueux tourbillons?
La neige, les frimas, qu'un froid piquant resserre,
En vain sifflent dans l'air, en vain battent la terre.
Quel plaisir, entouré d'un double paravent,
D'écouter la tempête, et d'insulter au vent!
Qu'il est doux, à l'abri du toit qui me protége,
De voir à gros flocons s'amonceler la neige!
Leur vue à mon foyer prête un nouvel appas:
L'homme se plaît à voir les maux qu'il ne sent pas.

Mon cœur devient-il triste, et ma tête pesante ?
Eh bien ! pour ranimer ma gaîté languissante,
La fève de Moka, la feuille de Canton,
Vont verser leur nectar dans l'émail du Japon.
Dans l'airain échauffé déjà l'onde frissonne ;
Bientôt le thé doré jaunit l'eau qui bouillonne ;
Ou des grains du Levant je goûte le parfum.
Point d'ennuyeux causeur, de témoin importun :
Lui seul, de ma maison exacte sentinelle,
Mon chien, ami constant et compagnon fidèle,
Prend à mes pieds sa part de la douce chaleur.
Et toi, charme divin de l'esprit et du cœur,
Imagination, de tes douces chimères
Fais passer devant moi les figures légères.
A tes songes brillans que j'aime à me livrer !
Dans ce brasier ardent qui va le dévorer,
Par toi ce chêne en feu nourrit ma rêverie.
Quelles mains l'ont planté ? Quel sol fut sa patrie ?
Sur les monts escarpés bravait-il l'aquilon ?
Bordait-il le ruisseau ? Parait-il le vallon ?
Peut-être il embellit la colline que j'aime ;
Peut-être sous son ombre ai-je rêvé moi-même.....
Tout à coup je l'anime : à son front verdoyant
Je rends de ses rameaux le panache ondoyant,
Ses guirlandes de fleurs, ses touffes de feuillage,
Et les tendres secrets que voila son ombrage.
Tantôt, environné d'auteurs que je chéris,
Je prends, quitte, et reprends mes livres favoris.
A leur feu tout à coup ma verve se rallume ;
Soudain sur le papier je laisse errer ma plume ,
Et goûte, retiré dans mon heureux réduit,

L'étude, le repos, le silence, et la nuit.
Tantôt, prenant en main l'écran géographique,
D'Amérique en Asie, et d'Europe en Afrique,
Avec Cook et Forster, dans cet espace étroit,
Je cours plus d'une mer, franchis plus d'un détroit,
Chemine sur la terre, et navigue sur l'onde,
Et fais, sur mon fauteuil, le voyage du monde.
Agréable pensée ! Objets délicieux !
Charmez toujours mon cœur, mon esprit et mes yeux.
Par vous tout s'embellit, et l'heureuse sagesse
Trompe l'ennui, l'exil, l'hiver, et la vieillesse.

(DELILLE.)

L'ANGE GARDIEN.

Dieu se lève et soudain sa voix terrible appelle
De ses ordres secrets un ministre fidèle,
Un de ces esprits purs qui sont chargés par lui
De servir aux humains de conseil et d'appui,
De lui porter leurs vœux sur leurs ailes de flamme,
De veiller sur leur vie et de garder leur âme.
Tout mortel a le sien : cet ange protecteur,
Cet invisible ami veille autour de son cœur,
L'inspire, le conduit, le relève s'il tombe,
Le reçoit au berceau, l'accompagne à la tombe,
Et portant dans les Cieux son âme entre ses mains,
Le présente en tremblant au Juge des humains.
C'est ainsi qu'entre l'homme et Jéhovah lui-même,
Entre le pur néant et la grandeur suprême,
D'êtres inaperçus une chaîne sans fin
Réunit l'homme à l'ange et l'ange au séraphin ;

16.

C'est ainsi que, peuplant l'étendue infinie,
Dieu répandit partout l'esprit, l'âme et la vie.

(LAMARTINE.)

LE CURÉ DE CAMPAGNE.

VOYEZ-VOUS ce modeste et pieux presbytère?
Là vit l'homme de Dieu, dont le saint ministère
Du peuple réuni présente au Ciel les vœux,
Ouvre sur le hameau tous les trésors des Cieux,
Soulage le malheur, consacre l'hyménée,
Bénit et les moissons et les fruits de l'année,
Enseigne la vertu, reçoit l'homme au berceau,
Le conduit dans la vie et le suit au tombeau.
Je ne choisirai point, pour cet emploi sublime,
Cet avide intrigant que l'intérêt anime,
Sévère pour autrui, pour lui-même indulgent;
Qui pour un vil profit quitte un temple indigent;
Dégrade par son ton la chaire pastorale,
Et sur l'esprit du jour compose sa morale.
Fidèle à son église, et cher à son troupeau,
Le vrai pasteur ressemble à cet antique ormeau
Qui, des jeux du village ancien dépositaire,
Leur a prêté cent ans son ombre héréditaire,
Et dont les verts rameaux, de l'âge triomphans,
Ont vu mourir le père et naître les enfans.
Par ses sages conseils, sa bonté, sa prudence,
Il est pour le village une autre Providence.
Quelle obscure indigence échappe à ses bienfaits?
Dieu seul n'ignore pas les heureux qu'il a faits.
Souvent dans ces réduits où le malheur assemble

Le besoin, la douleur et le trépas ensemble,
Il paraît, et soudain le mal perd son horreur,
Le besoin sa détresse, et la mort sa terreur :
Qui prévient le besoin, prévient souvent le crime.
Le pauvre le bénit, et le riche l'estime ;
Et souvent deux mortels, l'un de l'autre ennemis,
S'embrassent à sa table et retournent amis.
Honorez ses travaux ; que son logis antique,
Par vous rendu décent et non pas magnifique,
Au-dedans, des vertus renferment des trésors,
D'un air de propreté s'embellisse au-dehors ;
La pauvreté dégrade et le faste révolte.
Partagez avec lui votre riche récolte,
Ornez son sanctuaire et parez son autel.
Liguez-vous saintement pour le bien mutuel :
Et quel spectacle, ô Dieu ! vaut celui d'un village
Qu'édifie un pasteur, et que console un sage ?
Non, Rome, subjuguant l'univers abattu,
Ne vaut pas un hameau qu'habite la vertu
Où les bienfaits de l'un, de l'autre les prières,
Sont les trésors du pauvre et l'espoir des chaumières.

(DELILLE.)

AMOUR MATERNEL.

MALHEUREUX le mortel dont le cœur isolé
Par le doux nom de fils ne fut point consolé !
Il cherche tristement un appui sur la terre,
Et l'ennui vient s'asseoir sous son toit solitaire.

Le temps blanchit sa tête, et les ans l'ont vaincu ;
Hélas ! il a vieilli ; mais il n'a point vécu.

Que j'aime à contempler cette mère adorée,
De rejetons charmans avec grâce entourée!
L'un assiége son front, d'autres pressent sa main;
Tandis que le plus jeune, étendu sur son sein,
Sans bruit, cherchant la place où son amour aspire,
Gravit jusqu'à la bouche où l'appelle un sourire.
Mais, par l'heure averti moins que par son amour,
Leur père impatient est déjà de retour.
Il entre.... Quelle image! Et quel moment de fête!
Immobile et charmé, sur le seuil il s'arrête.
Ne respirant qu'à peine, en silence il jouit;
Sous son feutre à longs bords son front s'épanouit;
Dans ses yeux paternels la joie éclate et brille,
Et du fond de son âme il bénit sa famille.

Un père, toutefois avec austérité,
Tempère son amour par la sévérité;
Il étend sur ses fils sa longue prévoyance :
La mère sait aimer : c'est toute sa science.
J'en atteste un seul mot par le cœur inspiré :
Une mère perdit son enfant adoré;
Son digne et vieux pasteur sur sa vive souffrance
Versait le baume heureux d'une douce éloquence :
Ranimez, disait-il, ce courage abattu;
Du pieux Abraham imitez la vertu.
Dieu demanda son fils, et Dieu l'obtint d'un père.
— Ah! Dieu ne l'eût jamais exigé d'une mère!
Cri sublime, qui seul vaut les plus doctes chants!
Et comment exprimer ces transports si touchans
Qu'à l'âme d'une mère un tendre amour inspire?
Elle aime son enfant, même avant qu'il respire;

Quand ce gage chéri, si long-temps imploré,
S'échappe avec efforts de son flanc déchiré,
Dans quel enchantement son oreille ravie,
Reçoit le premier cri qui l'annonce à la vie !
Heureuse de souffrir, on la voit tour à tour
Soupirer de douleur et tressaillir d'amour.
Ah ! loin de le livrer au sein de l'étrangère,
Sa mère le nourrit : elle est deux fois sa mère.
Elle écoute, la nuit, son paisible sommeil ;
Par un souffle elle craint de hâter son réveil.
Elle entoure de soins sa fragile existence ;
Avec celle d'un fils la sienne recommence,
Elle sait, dans ses cris devinant ses désirs,
Pour ses caprices même inventer des plaisirs.

Quand la raison précoce a devancé son âge,
Sa mère, la première, épure son langage ;
De mots nouveaux pour lui, par de courtes leçons,
Dans sa jeune mémoire elle imprime les sons :
Soin précieux et tendre, aimable ministère,
Qu'interrompent souvent les baisers d'une mère.
D'un naïf entretien poursuit-elle le cours ?
Toujours interrogée, elle répond toujours.
Quelquefois une histoire abrége la veillée :
L'enfant prête une oreille avide, émerveillée ;
Appuyé sur sa mère, à ses genoux assis,
Il craint de perdre un mot de ces fameux récits.
Quelquefois de Gessner la muse pastorale
Offre au jeune lecteur sa riante morale ;
Il s'amuse et s'instruit : par un mélange heureux,
Ses jeux sont des travaux, ses travaux sont des jeux.

La lice va s'ouvrir : l'étude opiniâtre
Te dispute ce fils que ton cœur idolâtre,
Tendre mère ! Déjà de sérieux loisirs
Préparent ses succès, ainsi que tes plaisirs.
Enfin luit la journée où le rhéteur antique,
D'un peuple turbulent monarque flegmatique,
Dépouillant de son front la morne austérité,
Décerne au jeune athlète un laurier mérité.
En silence on attache une vue attendrie
Sur l'enfant qui promet un homme à la patrie...
Cet enfant, c'est le tien : un cri part ; le vainqueur,
Porté par mille bras, est déjà sur ton cœur ;
Son triomphe est à toi, sa gloire t'environne,
Et de pleurs maternels tu mouilles sa couronne.

(MILLEVOYE.)

L'ESPÉRANCE.

CEPENDANT sur le front de l'homme inconsolable
Croît lentement des ans l'outrage ineffaçable ;
Il jette autour de lui des regards abattus :
Ses beaux jours sont passés, ses amis ne sont plus.
La folâtre jeunesse, aux voluptés en proie,
L'irrite par ses jeux, l'attriste de sa joie :
Compagne du jeune âge, amante du plaisir,
L'illusion a fui pour ne plus revenir ;
Les rians souvenirs, troupe aimable et légère,
Ces enfans du bonheur, qui remplaçaient leur père,
Tels que des songes vains se sont évanouis.
Ce front qu'ont dépouillé le temps et les ennuis,
Et ce corps chargé d'ans, qui sous leur faix succombe,

Semblent, en se courbant, se pencher vers la tombe.
Ce qui charmait ses sens a perdu ses douceurs;
La rose est sans parfums, l'aurore sans couleurs.
Sur la terre étranger, importun à lui-même,
Faible, toujours souffrant, dans son malheur extrême,
Il a cessé de vivre, et ne peut pas mourir.
Quelle invisible main, prompte à le secourir,
Etouffe son murmure, et charme sa souffrance?
Sur lui, près du cercueil, veille encor l'Espérance.
La déesse apparaît à ses yeux attristés,
Riche d'attraits nouveaux, brillante de clartés.
Par-delà les tombeaux il s'élance avec elle.
Là, renaît sa jeunesse, éclatante, immortelle,
Et d'un nouvel Eden les bosquets enchantés,
Lui prodiguent déjà leurs pures voluptés.
O vous qui possédez la beauté, la jeunesse,
Dans vos jours fortunés, filés par la mollesse,
De folles vanités et de faux biens épris,
Venez, de la fortune indolens favoris:
Le bonheur est encore ailleurs que sur la terre.
Suivez-moi dans vos champs, sous ce toit solitaire:
Sur un lit de douleur, seul avec la pitié,
Voyez-vous ce vieillard qui, du monde oublié,
Va finir ses longs jours consumés par les peines?
C'est en vain que son bras, au sein des vastes plaines,
Attaché sans relâche au cercle des saisons,
Couvrit d'épis pressés d'innombrables sillons:
Le riche, chaque année, impitoyable maître,
Accourait recueillir la moisson qu'il fit naître;
Et sur un char doré remportait à Paris
Le fruit de ses travaux payé par des mépris.

Il vécut pour souffrir : de son sort déplorable
Qui lui fit supporter le poids insupportable ?
Et, quand la mort tardive en vient rompre les nœuds,
Qui lui paira le prix de ses jours malheureux ?
Ah ! sous le chaume obscur, témoin de sa souffrance
La religion sainte avait mis l'Espérance :
L'Espérance soutint, consola ses douleurs ;
Elle adoucit sa peine, elle essuya ses pleurs ;
Et, lui montrant encore, à son heure dernière,
Dans un monde meilleur un destin plus prospère,
Pour des maux passagers un bonheur éternel,
Le mène, en souriant, jusqu'aux portes du Ciel.

(De SAINT-VICTOR.)

L'ATTELAGE.

La route de la vie humaine
De mauvais pas est toute pleine.
Pour m'en tirer facilement,
Voici ce que je fais. J'attelle
A cette voiture mortelle,
Que je conduis au monument,
La Justice premièrement,
Qui marche toujours rondement,
Et la Charité, sans laquelle
Elle irait moins légèrement :
La Vérité, l'Indépendance,
N'ayant qu'un simple et léger frein,
Sont en devant, et vont bon train,
Loin du chemin de l'Opulence ;
A la volée est la Santé,

Qui, jointe avec le Badinage,
Me fait franchir avec gaîté
Tous les mauvais pas du voyage.
Je n'aurais rien à désirer,
Ni du sort ni de la nature,
Si l'attelage allait durer
Aussi long-temps que la voiture.

(ANONYME.)

L'EXISTENCE DE DIEU

PROUVÉE PAR LES MERVEILLES DE LA CRÉATION.

OUI, c'est un Dieu caché que le Dieu qu'il faut croire !
Mais, tout caché qu'il est, pour révéler sa gloire,
Quels témoins éclatans devant moi rassemblés !
Répondez, cieux et mers; et vous, terre, parlez.
Quel bras peut vous suspendre, innombrables étoiles ?
Nuit brillante, dis-nous qui t'a donné tes voiles !
O cieux ! que de grandeur et quelle majesté !
J'y reconnais un maître à qui rien n'a coûté,
Et qui dans nos déserts a semé la lumière,
Ainsi que dans nos champs il sème la poussière.
Toi qu'annonce l'aurore, admirable flambeau,
Astre toujours le même, astre toujours nouveau,
Par quel ordre, ô soleil, viens-tu du sein de l'onde
Nous rendre les rayons de ta clarté féconde ?
Tous les jours je t'attends, tu reviens tous les jours;
Est-ce moi qui t'appelle, et qui règle ton cours ?
Et toi dont le courroux veut engloutir la terre,
Mer terrible, en ton lit quelle main te resserre ?
Pour forcer ta prison tu fais de vains efforts;

17

La rage de tes flots expire sur tes bords.
Fais sentir ta vengeance à ceux dont l'avarice
Sur ton perfide sein va chercher son supplice;
Hélas! près de périr, t'adressent-ils leurs vœux?
Ils regardent le Ciel, secours des malheureux!
La nature, qui parle en ce péril extrême,
Leur fait lever les mains vers l'asile suprême :
Hommage que toujours rend un cœur effrayé
Au Dieu que jusqu'alors il avait oublié.

La voix de l'univers à ce Dieu me rappelle :
La terre le publie. Est-ce moi, me dit-elle,
Est-ce moi qui produis mes riches ornemens?
C'est celui dont la main posa mes fondemens.
Si je sers tes besoins, c'est lui qui me l'ordonne;
Les présens qu'il me fait, c'est à toi qu'il les donne;
Je me pare des fleurs qui tombent de sa main ;
Il ne fait que l'ouvrir, et m'en remplit le sein.
Pour consoler l'espoir du laboureur avide,
C'est lui qui, dans l'Egypte, où je suis trop aride,
Veut qu'au moment prescrit le Nil, loin de ses bords,
Répandu sur la plaine, y porte mes trésors.
A de moindres objets tu peux le reconnoître;
Contemple seulement l'arbre que je fais croître.
Mon suc, dans la racine à peine répandu,
Du tronc qui le reçoit à la branche est rendu,
La feuille le demande, et la branche fidèle,
Prodigue de son bien, le partage avec elle.
De l'éclat de ses fruits justement enchanté,
Ne méprise jamais ces plantes sans beauté,
Troupe obscure et timide, humble et faible vulgaire :

Si tu sais découvrir leur vertu salutaire,
Elles pourront servir à prolonger tes jours.
Et ne t'afflige pas, si les leurs sont si courts ;
Toute plante, en naissant, déjà renferme en elle
D'enfans qui la suivront une race immortelle :
Chacun de ces enfans, dans ma fécondité,
Trouve un gage nouveau de sa postérité.

Ainsi parle la terre ; et, charmé de l'entendre,
Quand je vois par ces nœuds, que je ne puis comprendre,
Tant d'êtres différens l'un à l'autre enchaînés,
Vers une même fin constamment entraînés,
A l'ordre général conspirer tous ensemble,
Je reconnais partout la main qui les rassemble,
Et d'un dessein si grand j'admire l'unité,
Non moins que la sagesse et la simplicité.
Mais pour toi, que jamais ces miracles n'étonnent,
Stupide spectateur des biens qui t'environnent,
O toi qui follement fais ton dieu du hasard,
Viens me développer ce nid qu'avec tant d'art,
Au même ordre toujours architecte fidèle,
A l'aide de son bec, maçonne l'hirondelle ;
Comment, pour élever ce hardi bâtiment,
A-t-elle, en le broyant, arrondi son ciment ?
Et pourquoi ces oiseaux, si remplis de prudence,
Ont-ils de leurs enfans su prévoir la naissance ?
Que de berceaux pour eux aux arbres suspendus !
Sur le plus doux coton que de lits étendus !
Le père vole au loin cherchant dans la campagne
Des vivres qu'il apporte à sa tendre compagne
Et la tranquille mère, attendant son secours,

Echauffe dans son sein le fruit de leurs amours.
Des ennemis souvent ils repoussent la rage,
Et dans de faibles corps s'allume un grand courage.
Si chèrement aimés, leurs nourrissons un jour,
Aux fils qui naîtront d'eux rendront le même amour.
Quand des nouveaux zéphirs l'haleine fortunée
Allumera pour eux le flambeau d'hyménée,
Fidèlement unis par leurs tendres liens
Ils rempliront les airs de nouveaux citoyens,
Innombrable famille, où bientôt tant de frères
Ne reconnaîtront plus leurs aïeux ni leurs pères.
Ceux qui, de nos hivers redoutant le courroux,
Vont se réfugier dans des climats plus doux,
Ne laisseront jamais la saison rigoureuse
Surprendre parmi nous leur troupe paresseuse.
Dans un sage conseil par les chefs assemblé,
Du départ général le grand jour est réglé.
Il arrive; tout part: le plus jeune peut-être
Demande, en regardant les lieux qui l'ont vu naître,
Quand viendra ce printemps par qui tant d'exilés
Dans les champs paternels se verront rappelés ?
A nos yeux attentifs que le spectacle change !
Retournons sur la terre, où, jusque dans la fange,
L'insecte nous appelle, et, certain de son prix,
Ose nous demander raison de nos mépris.
De secrètes beautés quel amas innombrable !
Plus l'auteur s'est caché, plus il est admirable.
Quoiqu'un fier éléphant, malgré l'énorme tour
Qui de son vaste dos me cache le contour,
S'avance sans ployer sous ce poids qu'il méprise,
Je ne t'admire pas avec moins de surprise,

Toi qui vis dans la boue, et traînes ta prison ;
Toi que souvent ma haine écrase avec raison ;
Toi-même, insecte impur, quand tu me développes,
Les étonnans ressorts de tes longs télescopes ;
Oui, toi, lorsqu'à mes yeux tu présentes les tiens,
Qu'élèvent par degrés leurs mobiles soutiens ;
C'est dans un faible objet, imperceptible ouvrage,
Que l'art de l'ouvrier me frappe davantage.
Dans un champ de blé mûr, tout un peuple prudent
Rassemble pour l'état un trésor abondant.
Fatigués du butin qu'ils traînent avec peine,
De faibles voyageurs arrivent sans haleine
A leurs greniers publics, immenses souterrains,
Où par eux en monceaux sont élevés ces grains
Dont le père commun de tous tant que nous sommes
Nourrit également les fourmis et les hommes.
Et tous nourris par lui, nous passons sans retour,
Tandis qu'une chenille est rappelée au jour.
De l'empire de l'air cet habitant volage,
Qui porte à tant de fleurs son inconstant hommage,
Et leur ravit un suc qui n'était pas pour lui,
Chez ses frères rampans, qu'il méprise aujourd'hui,
Sur la terre autrefois traînant sa vie obscure
Semblait vouloir cacher sa honteuse figure :
Mais les temps sont changés, sa mort fut un sommeil,
On le vit plein de gloire à son brillant réveil,
Laissant dans le tombeau sa dépouille grossière,
Par un sublime essor voler vers la lumière.
O ver ! à qui je dois mes nobles vêtemens,
De tes travaux si courts que les fruits sont charmans ?
N'est-ce donc que pour moi que tu reçois la vie ?

17.

Ton ouvrage achevé, ta carrière est finie ;
Tu laisses de ton art des héritiers nombreux ,
Qui ne verront jamais leur père malheureux.
Je te plains , et j'ai dû parler de tes merveilles.
Mais ce n'est qu'à Virgile à chanter les abeilles.
Le roi pour qui sont faits tant de biens précieux,
L'homme, élève un front noble, et regarde les cieux.
Ce front, vaste théâtre où l'âme se déploie,
Est tantôt éclairé des rayons de la joie,
Tantôt enveloppé du chagrin ténébreux.
L'Amitié tendre et vive y fait briller ses feux
Qu'en vain veut imiter, dans son zèle perfide,
La Trahison, que suit l'Envie au teint livide.
Un mot y fait rougir la timide Pudeur.
Le Mépris y réside, ainsi que la Candeur,
Le modeste Respect, l'imprudente Colère,
La Crainte, et la Pâleur, sa compagne ordinaire,
Qui, dans tous les périls funestes à mes jours,
Plus prompte que ma voix, appelle du secours.
A me servir aussi cette voix empressée,
Loin de moi, quand je veux, va porter ma pensée.
Messagère de l'âme, interprète du cœur,
De la société je lui dois la douceur.
Quelle foule d'objets l'œil réunit ensemble !
Que de rayons épars ce cercle étroit rassemble !
Tout s'y peint tour à tour : le mobile tableau
Frappe un nerf qui l'élève, et le porte au cerveau.
D'innombrables filets, Ciel ! quel tissu fragile !
Cependant ma mémoire en a fait son asile,
Et tient dans un dépôt fidèle et précieux
Tout ce que m'ont appris mes oreilles, mes yeux :

Elle y peut à toute heure et remettre et reprendre,
M'y garder mes trésors, exacte à me les rendre.
Là, ces esprits subtils, toujours prêts à partir,
Attendent le signal qui les doit avertir.
Mon âme les envoie, et, ministres dociles,
Je les sens répandus dans mes membres agiles :
A peine ai-je parlé qu'ils sont accourus tous.
Invisibles sujets, quel chemin prenez-vous ?
Mais qui donne à mon sang cette ardeur salutaire ?
Sans mon ordre il nourrit ma chaleur nécessaire ;
D'un mouvement égal il agite mon cœur ;
Dans ce centre fécond il forme sa liqueur ;
Il vient me réchauffer par sa rapide course,
Plus tranquille et plus froid, il remonte à sa source,
Et, toujours s'épuisant, se ranime toujours.
Les portes des canaux destinés à son cours
Ouvrent à son entrée une libre carrière,
Prêtes, s'il reculait, d'opposer leur barrière.
Ce sang pur s'est formé d'un grossier aliment.
Changement que doit suivre un nouveau changement ;
Il s'épaissit en chair ; dans mes chairs qu'il arrose,
En ma propre substance il se métamorphose.
Est-ce moi qui préside au maintien de ces lois ?
Et pour les établir ai-je donné ma voix ?
Je les connais à peine : une attentive adresse
Tous les jours m'en découvre et l'ordre et la sagesse.
De cet ordre secret reconnaissons l'auteur :
Fut-il jamais des lois sans un législateur ?

(L. Racine.)

DIEU DANS SA GLOIRE.

Au milieu des clartés d'un feu pur et durable,
Dieu mit avant les temps son trône inébranlable.
Le ciel est sous ses pieds ; de mille astres divers
Le cours toujours réglé l'annonce à l'univers.
La puissance, l'amour, avec l'intelligence,
Unis et divisés, composent son essence.
Ses saints, dans les douceurs d'une éternelle paix,
D'un torrent de plaisir enivrés à jamais,
Pénétrés de sa gloire, et remplis de lui-même,
Adorent à l'envi sa majesté suprême.
Devant lui sont ces dieux, ces brûlans séraphins,
A qui de l'univers il commet les destins.
Il parle, et de la terre ils vont changer la face :
Des puissances du siècle ils retranchent la race,
Tandis que les humains, vils jouets de l'erreur,
Des conseils éternels accusent la lenteur.

(VOLTAIRE.)

MÊME SUJET.

Cet astre universel, sans déclin, sans aurore,
C'est Dieu, c'est ce grand tout, qui soi-même s'adore!
Il est ; tout est en lui ; l'immensité, les temps,
De son être infini sont les purs élémens ;
L'espace est son séjour, l'éternité son âge ;
Le jour est son regard, le monde est son image ;
Tout l'univers subsiste à l'ombre de sa main ;
L'être, à flots éternels découlant de son sein,
Comme un fleuve nourri par cette source immense,

S'en échappe, et revient finir où tout commence.
Sans bornes comme lui, ses ouvrages parfaits
Bénissent en naissant la main qui les a faits !
Il peuple l'infini chaque fois qu'il respire ;
Pour lui, vouloir, c'est faire ; exister, c'est produire !
Tirant tout de soi seul, rapportant tout à soi,
Sa volonté suprême est sa suprême loi !
Mais cette volonté, sans ombre et sans faiblesse,
Est à la fois puissance, ordre, équité, sagesse.
Sur tout ce qui peut être, il exerce à son gré ;
Le néant jusqu'à lui s'élève par degré :
Intelligence, amour, force, beauté, jeunesse,
Sans s'épuiser jamais, il peut donner sans cesse,
Et comblant le néant de ses dons précieux,
Des derniers rangs de l'être il peut tirer des dieux !
Mais ces dieux de sa main, ces fils de sa puissance,
Mesurent d'eux à lui l'éternelle distance,
Tendant par leur nature à l'être qui les fit ;
Il est leur fin à tous, et lui seul se suffit !

(LAMARTINE.)

LA VIE FUTURE.

Je te salue, ô mort ! libérateur céleste,
Tu ne m'apparais point sous cet aspect funeste
Que t'a prêté long-temps l'épouvante ou l'erreur ;
Ton bras n'est point armé d'un glaive destructeur,
Ton front n'est point cruel, ton œil n'est point perfide ;
Au secours des douleurs un Dieu clément te guide ;
Tu n'anéantis pas ; tu délivres ! ta main,
Céleste ménager, porte un flambeau divin.

Quand mon œil fatigué se ferme à la lumière,
Tu viens d'un jour plus pur inonder ma paupière ;
Et l'espoir près de toi rêvant sur un tombeau,
Appuyé sur la foi, m'ouvre un monde plus beau !
Viens donc, viens détacher mes chaînes corporelles.
Viens, ouvre ma prison ; viens, prête-moi tes ailes ;
Que tardes-tu ? parais ; que je m'élance enfin
Vers cet être inconnu, mon principe et ma fin.

Qui m'en a détaché ? qui suis-je et que dois-je être ?
Je meurs et ne sais pas ce que c'est que de naître.
Toi qu'en vain j'interroge, esprit, hôte inconnu,
Avant de m'animer quel ciel habitais-tu ?
Quel pouvoir t'a jeté sur ce globe fragile ?
Quelle main t'enferma dans ta prison d'argile ?
Par quels nœuds étonnans, par quels secrets rapports,
Le corps tient-il à toi comme tu tiens au corps ?
Quel jour séparera l'âme de la matière ?
Pour quel nouveau palais quitteras-tu la terre ?
As-tu tout oublié ? par-delà le tombeau
Vas-tu renaître encor dans un oubli nouveau ?
Vas-tu recommencer une semblable vie ?
Ou dans le sein de Dieu, ta source et ta patrie,
Affranchi pour jamais de tes liens mortels,
Vas-tu jouir enfin de tes droits éternels ?
Oui, tel est mon espoir, ô moitié de ma vie !
C'est par lui que déjà mon âme raffermie
A pu voir sans effroi sur tes traits enchanteurs,
Se faner du printemps les brillantes couleurs ;
C'est par lui que, percé du trait qui me déchire,
Jeune encore, en mourant vous me verrez sourire,

t que des pleurs de joie, à nos derniers adieux,
ton dernier regard, brilleront dans mes yeux.
ain espoir ! s'écrîra le troupeau d'Epicure,
t celui dont la main disséquant la nature,
ans un coin du cerveau nouvellement décrit,
oit penser la matière et végéter l'esprit ;
nsensé ! diront-ils, que trop d'orgueil abuse,
egarde autour de toi : tout commence et tout s'use,
out marche vers un terme et tout naît pour mourir ;
ans ces prés jaunissans tu vois la fleur languir ;
u vois dans ces forêts le cèdre au front superbe
ous le poids de ses ans tomber, ramper sous l'herbe ;
ans leurs lits desséchés tu vois les mers tarir ;
es cieux même, les cieux commencent à pâlir ;
et astre dont le temps à caché la naissance,
e soleil, comme nous, marche à sa décadence,
t dans les cieux déserts les mortels éperdus
e chercheront un jour et ne le verront plus !
u vois autour de toi dans la nature entière
es siècles entasser poussière sur poussière,
t le temps, d'un seul pas confondant ton orgueil,
e tout ce qu'il produit devenir le cercueil.
t l'homme, et l'homme seul, ô sublime folie !
u fond de son tombeau croit retrouver la vie,
t dans le tourbillon au néant emporté,
battu par le temps, rêve l'éternité !
u'un autre vous réponde, ô sages de la terre !
aissez-moi mon erreur : j'aime, il faut que j'espère :
otre faible raison se trouble et se confond.
Oui, la raison se tait ; mais l'instinct vous répond.
Pour moi, quand je verrais, dans les célestes plaines,

Les astres s'écartant de leurs routes certaines,
Parcourir au hasard les cieux épouvantés ;
Quand j'entendrais gémir et se briser la terre ;
Quand je verrais son globe errant et solitaire,
Flottant loin des soleils, pleurant l'homme détruit,
Se perdre dans les champs de l'éternelle nuit ;
Et quand, dernier témoin de ces scènes funèbres,
Entouré du chaos, de la mort, des ténèbres,
Seul je serais debout ; seul, malgré mon effroi,
Etre infaillible et bon, j'espérerais en toi,
Et certain du retour de l'éternelle aurore,
Sur les mondes détruits je t'attendrais encore !

(LAMARTINE.)

LE JUGEMENT DERNIER.

DÉJA je crois le voir, j'en frémis par avance,
Ce jour de châtiment comme de récompense.
Déjà j'entends des mers mugir les flots troublés :
Déjà je vois pâlir les astres ébranlés.
Le feu vengeur s'allume, et le son des trompettes
Va réveiller les morts dans leurs sombres retraites.
Ce jour est le dernier des jours de l'univers.
Dieu cite devant lui tous les peuples divers ;
Et pour s'en séparer, les saints, son héritage,
De sa religion vont consommer l'ouvrage.
La terre, le soleil, le temps, tout va périr,
Et de l'éternité les portes vont s'ouvrir.
Elles s'ouvrent. Ce Dieu si long-temps invisible,
S'avance précédé de sa gloire terrible :
Entouré du tonnerre, au milieu des éclairs ;

Son trône étincelant s'élève dans les airs.
Le grand rideau se tire, et ce Dieu vient en maître.
Malheureux qui pour lors commence à le connaître !
Ses anges ont partout fait entendre leurs voix ;
Et, sortant de la poudre une seconde fois,
Le genre humain, tremblant, sans appui, sans refuge,
Ne voit plus de grandeur que celle de son juge.
Ebloui des rayons dont il se sent percer,
L'impie avec horreur voudrait les repousser ;
Il n'est plus temps. Il voit la gloire qui l'opprime ;
Il tombe enseveli dans l'éternel abîme....
Et, loin des voluptés où fut livré son cœur,
Ne trouve devant lui que la rage et l'horreur.
Le vrai chrétien lui seul ne voit rien qui l'étonne ;
Et sur ce tribunal que la foudre environne,
Il voit le même Dieu qu'il a cru, sans le voir,
L'objet de son amour, la fin de son espoir ;
Mais il n'a plus besoin de foi ni d'espérance ;
Un éternel amour en est la récompense.

(L. Racine.)

JOIES DU CIEL.

Je n'avais que du ciel de l'un à l'autre bout,
A ma gauche, à ma droite, autour de moi, partout ;
Du ciel, toujours du ciel pour contour et pour cime,
Du ciel pour horizon et du ciel pour abîme ;
Si bien que sur la roche où j'étais transporté,
On aurait dit, à voir l'esprit à mon côté,
Deux enfans égarés des phalanges divines,
Qui, le soir, oublieux de leurs saintes collines,

18

Dans un vallon du Ciel égarant leurs ébats,
Causaient tranquillement des choses d'ici-bas.

Or, l'esprit incliné sur mon pâle visage
Me peignait de l'Eden le riant paysage.
Quel bonheur, disait-il, d'être un beau séraphin,
D'avoir la face blanche et six ailes d'or fin !
Quel bonheur d'être un ange, et , comme l'hirondelle,
De se rouler par l'air au caprice de l'aile,
De monter, de descendre, et de voiler son front,
Quand parfois, au détour d'un nuage profond,
Comme un maître le soir qui parcourt son domaine,
On voit le pied de Dieu qui traverse la plaine !

Quel bonheur ineffable et quelle volupté
D'être un rayon vivant de la Divinité ;
De voir du haut du Ciel et de ses voûtes rondes,
Reluire sous ses pieds la poussière des mondes ;
D'entendre à chaque instant de leurs brillans réveils
Chanter comme un oiseau des milliers de soleils !
Oh ! quel bonheur de vivre avec de belles choses !
Qu'il est doux d'être heureux sans remonter aux causes !
Qu'il est doux d'être bien sans désirer le mieux,
Et de n'avoir jamais à se lasser des cieux !

Puis il me prononçait le beau nom de Marie,
Nom que j'aime d'enfance avec idolâtrie,
Le plus doux qui, tombé des montagnes du Ciel,
Sur une lèvre humaine ait répandu son miel ;
Nom céleste créé du sourire des anges,
Pour en parer un jour la fleur de leurs phalanges.

MARIE, ô nom divin! étoile du pêcheur,
Rose de paradis, baume plein de fraîcheur,
Qui parfume le monde et qui révèle aux âmes
La femme la plus belle entre toutes les femmes!

Alors à ce doux nom je croyais voir soudain
S'entr'ouvrir à mes yeux le céleste jardin;
Je croyais voir au cœur de son troupeau des saintes,
De ses enfans vêtus de lis et d'hyacinthes,
Et de ses beaux vieillards, la reine du saint lieu
Avec son voile blanc et son grand manteau bleu,
Marie au pied du Christ, dans sa pose modeste,
Relevant vers le Ciel sa paupière céleste,
Et regardant son fils avec un triste amour,
Comme craignant encor de le reperdre un jour.

(BARBIER.)

PRÉLUDE DE LA VIE HEUREUSE.

TOI qui crains de mourir de la mort de l'impie,
Lave donc dans tes pleurs les péchés de ta vie;
Gémis avec les saints dans ce mortel séjour,
Pour triompher comme eux, et régner au grand jour;
Car les saints régneront au jour de la vengeance,
Ils obtiendront le prix de leur longue constance;
Et, délivrés du joug de leurs persécuteurs,
S'élèveront enfin contre leurs oppresseurs.

On verra ce mortel aujourd'hui si modeste,
S'asseoir et prendre en main la balance funeste;
Et cet autre mortel, si superbe aujourd'hui,
Sombre, glacé d'effroi, se taire devant lui.

Saint amour du mépris, folie aux yeux du monde,
Alors tu passeras pour sagesse profonde;
La vertu couronnée alors s'applaudira
Des maux que pour son Dieu sur terre elle endura.
Tandis qu'à ses remords l'impiété livrée
Près d'elle restera morne, désespérée,
Celui qui ne connut que les pleurs et les croix,
Au bonheur sourira pour la première fois.
On se trouvera mieux d'une santé flétrie
Par un jeûne assidu, que d'une chair nourrie
De mets délicieux... Les plus sales lambeaux
Eclipseront alors les habits les plus beaux.
Honneur! honneur alors à la pauvre chaumière,
Plus qu'aux palais dorés et brillans de lumière!
De l'univers entier il vaudra mieux alors
Avoir distribué qu'entassé les trésors,
Et fait un acte obscur de simple obéissance
Que posséder des rois la suprême puissance.
Un jour d'austérités, une larme, un soupir,
Compteront plus alors qu'un siècle de plaisir.
Tu sentiras ton âme alors plus satisfaite
D'un devoir accompli d'une oraison bien faite,
Du silence observé religieusement,
D'un acte de vertu, d'un seul bon sentiment,
Que d'une vie entière oisivement filée,
Perdue en beaux discours, en festins écoulée,
Ou que du vain renom de sublime orateur,
De profond philosophe, ou d'élégant auteur.

O mon frère! aime Dieu : cet amour excepté,
Tout le reste ici-bas n'est rien que vanité;

Mais aussi cet amour est puissant et terrible.
Qui craint Dieu ne craint rien ; qui l'aime est invincible.

O Ciel! ô de la gloire éclatante cité !
O palais ravissant de la félicité !
O jour pur, sans nuage! ô lumière immortelle!
O beau jour! jour des jours! jour de fête éternelle!
Jour brillant d'allégresse, embelli de bonheur,
De la vérité même empruntant la splendeur !
Jour brillant dont jamais la clarté ne s'altère,
Dont la sérénité jamais ne dégénère !
Jour qui ne change point, ne décroît point, mais luit
Sans se perdre jamais dans l'ombre de la nuit !
Plût à Dieu que déjà nous t'eussions vu paraître,
Que le monde eût prit fin, et le temps cessé d'être !

Ah ! pour les saints du Ciel ce beau jour luit déjà,
Et son flambeau pour eux jamais ne s'éteindra :
Mais nous qui, dans l'ennui d'un pénible voyage,
Achevons tristement notre pélerinage,
Nous n'en voyons de loin qu'un trait presque effacé,
Comme au fond d'un miroir confusément tracé.
Les habitans du Ciel en savourent les charmes;
Ceux de la terre, hélas! ne versent que des larmes.
Ici-bas exilé, l'homme souffre...; ses jours,
D'amertume remplis, sont douleureux et courts.
L'homme se voit sans cesse ou l'esclave du crime,
Ou de ses passions déplorable victime;
Accablé de travaux, en proie à la terreur,
Distrait par mille soins, égaré par l'erreur,
En désirs curieux dissipant sa sagesse,

18.

D'ennemis et d'écueils environné sans cesse,
Dans les privations languissant abattu,
Ou bien dans la mollesse énervant sa vertu.

Oh! qu'heureux est celui dont la vertu sévère
A de son propre cœur banni toute la terre,
Congédié le monde, et, pour l'amour de Dieu,
Dit au siècle profane un éternel adieu.

(ANONYME.)

LE BONHEUR DES ÉLUS.

Il est un autre monde, un Élysée, un Ciel,
Que ne parcourent pas de longs ruisseaux de miel,
Où les âmes des bons, de Dieu seul altérées,
D'un nectar éternel ne sont pas enivrées,
Mais où les mânes saints, les immortels esprits,
De leurs corps immolés vont recevoir le prix!
Ni le sombre Tempé, ni le riant Ménale,
Qu'enivre de parfums l'haleine matinale,
Ni les vallons d'Hémus, ni ces riches coteaux,
Qu'enchante l'Eurotas du murmure des eaux,
Ni cette terre enfin des poètes chérie,
Qui fait aux voyageurs oublier leur patrie,
N'approchent pas encor du fortuné séjour
Où le regard de Dieu donne à l'âme le jour!
Où jamais dans la nuit ce jour divin n'expire!
Où la vie et l'amour sont l'air qu'elle respire!
Où des corps immortels ou toujours renaissans
Pour d'autres voluptés lui prêtent d'autres sens!

Tout ce qu'ont de plus pur la vie et la matière,
Les rayons transparens de la douce lumière,
Les reflets nuancés des plus tendres couleurs,
Les parfums que le soir enlève au sein des fleurs,
Les bruits harmonieux que l'amoureux zéphyre
Tire au sein de la nuit de l'onde qui soupire,
La flamme qui s'exhale en jets d'or et d'azur,
Le cristal des ruisseaux roulant dans un Ciel pur,
La pourpre dont l'aurore aime à teindre ses voiles,
Et les rayons dormans des tremblantes étoiles,
Réunis et formant d'harmonieux accords,
Se mêlent sous ses doigts et composent son corps!
Et l'âme, qui, jadis esclave sur la terre,
A ses sens révoltés faisait en vain la guerre,
Triomphante aujourd'hui de leurs vœux impuissans,
Règne avec majesté sur le monde des sens,
Pour des plaisirs sans fin, sans fin les multiplie,
Et joue avec l'espace, et les temps, et la vie!
Tantôt pour s'envoler où l'appelle un désir,
Elle aime à parfumer les ailes d'un zéphyr,
D'un rayon de l'Iris en glissant les colore;
Et du Ciel aux enfers, du couchant à l'aurore,
Comme une abeille errante, elle court en tout lieu
Découvrir et baiser les ouvrages de Dieu!
Tantôt au char brillant que l'aurore lui prête
Elle attelle un coursier qu'anime la tempête;
Et dans ces beaux déserts de feux errans semés,
Cherchant ces grands esprits qu'elle a jadis aimés,
De soleil en soleil, de système en système,
Elle vole et se perd avec l'âme qu'elle aime,
De l'espace infini suit les vastes détours,

Et dans le sein de Dieu se retrouve toujours !
L'âme, pour soutenir la céleste nature,
N'emprunte pas des corps sa chaste nourriture ;
Ni le nectar coulant de la coupe d'Hébé,
Ni le parfum des fleurs par le vent dérobé,
Ni la libation en son honneur versée,
Ne saurait nourrir l'âme : elle vit de pensée,
De désirs satisfaits, d'amour, de sentimens,
De son être immortel immortels alimens !
Grâce à ces fruits divins, que le Ciel multiplie,
Elle soutient, prolonge, éternise sa vie,
Et peut, par la vertu de l'éternel amour,
Multiplier son être et créer à son tour !
Car, ainsi que les corps, la pensée est féconde !
Un seul désir suffit pour peupler tout un monde ;
Et de même qu'un son par l'écho répété,
Multiplié sans fin, court dans l'immensité,
Ou comme en s'étendant l'éphémère étincelle
Allume sur l'autel une flamme immortelle ;
Ainsi ces êtres purs l'un vers l'autre attirés,
De l'amour créateur constamment pénétrés,
A travers l'infini se cherchent, se confondent
D'une éternelle étreinte, en s'aimant se fécondent,
Et des astres déserts peuplant les régions,
Prolongent dans le ciel leurs générations !
O célestes amours ! saints transports ! chaste flamme !
Baisers où sans retour l'âme se mêle à l'âme !
Où l'éternel désir et la pure beauté,
Poussent en s'unissant un cri de volupté !

(LAMARTINE.)

FÉLICITÉ DES SAINTS.

. . . .

ꭎ! qui me donnera l'aile de la colombe?
ₒoin de ce lieu d'horreur, de ce gouffre de maux,
'irais, je volerais dans le sein du repos.
'est là qu'une éternelle et douce violence
écessite des saints l'heureuse obéissance;
'est là que de son joug le cœur est enchanté;
'est là que sans regret l'on perd sa liberté.
à, de ce corps impur les âmes délivrées,
ₑ la joie ineffable à sa source enivrées,
ₜ riches de ces biens que l'œil ne saurait voir,
ₑ demandent plus rien, n'ont plus rien à vouloir.
ₑ ce royaume heureux Dieu bannit les alarmes;
ₜ des yeux de ses saints daigne essuyer les larmes.
'est là qu'on n'entend plus ni plaintes ni soupirs;
ₑ cœur n'a plus alors ni craintes ni désirs.
'Eglise enfin triomphe; et, brillante de gloire,
ait retentir le Ciel des chants de sa victoire.
lle chante, tandis qu'esclaves désolés
ᵀous gémissons encor sur la terre exilés.
rès de l'Euphrate assis, nous pleurons sur ses rives,
ne juste douleur tient nos langues captives.
ₜ comment pourrions-nous, au milieu des méchans,
céleste Sion! faire entendre tes chants?
élas! nous nous taisons; nos lyres détendues
anguissent en silence, aux saules suspendues.
ue mon exil est long! O tranquille cité!
ainte Jérusalem! O chère éternité!
uand irai-je au torrent de ta volupté pure

Boire l'heureux oubli des peines que j'endure!
Quand irai-je goûter ton adorable paix!
Quand verrai-je ce jour qui ne finit jamais!

(RACINE.)

LE MALHEUR DE L'IMPIE.

DANS les sables brûlans voit-on l'herbe verdir?
Quand sa tige est sans eau, le jonc peut-il grandir?
　　Sa tige tendre et jeune encore,
Mourante avant les jours de sa maturité,
　　Se flétrit et se décolore;
Et quand brillent les fleurs que l'été fait éclore,
De son précoce hiver elle attriste l'été.
Ainsi périt l'espoir, ainsi passent les joies
　　Du méchant dont l'impiété
Outrage le Seigneur en désertant ses voies.

Que peut-il espérer? son plus solide appui
Du fil de l'araignée est l'image fragile;
Il bâtit sur le sable; et sa maison d'argile
Chancelle au moindre choc, et s'écroule sur lui.

Vois l'impie étalant sa force et sa puissance;
C'est un cèdre orgueilleux dont le feuillage immense,
Dominateur des monts et des bois d'alentour,
Eclipse à tes regards l'astre brillant du jour;
　　Mais de la terre sa racine
N'attire plus les sucs nourriciers et féconds;
　　Sur le tuf ingrat qu'elle mine
Le géant des forêts tombe, et de sa ruine
　　Épouvante au loin les vallons!

L'impie a beau lever un front audacieux
Le moment de sa chute est écrit dans les Cieux.
Pour lui plus de repos; jamais il ne sommeille;
Une voix d'épouvante habite son oreille,
Et sur sa tête un fil, à toute heure tendu,
Balance de la mort le glaive suspendu.
Sans espoir d'échapper à cette nuit obscure,
Etanche-t-il sa soif, prend-il sa nourriture?
Une foule de maux l'assiége tour à tour,
Un nuage le couvre et lui cache le jour.
Point de paix au méchant! D'une mort effrayante
S'offre devant ses yeux l'image menaçante;
Pour lui tout est péril : tel que le potentat
Qui commet sa couronne aux hasards d'un combat,
Il osa, cet impie, dans sa fureur rebelle,
Lever contre son maître une main criminelle;
Lui-même s'est jeté sur un funeste écueil,
Et Dieu d'un seul regard a brisé son orgueil.

(LEVAVASSEUR.)

L'IMMORTALITÉ DE L'AME.

Oui, Platon, tu dis vrai : notre âme est immortelle;
C'est un Dieu qui lui parle, un Dieu qui vit en elle.
Eh ! d'où viendrait sans lui ce grand pressentiment,
Ce dégoût des faux biens, cette horreur du néant?
Vers des siècles sans fin je sens que tu m'entraînes;
Du monde et de mes sens je vais briser les chaînes,
Et m'ouvrir loin du corps, dans la fange arrêté,
Les portes de la vie et de l'éternité.
L'éternité! quel mot consolant et terrible !

O lumière ! ô nuage ! ô profondeur horrible !
Que dis-je ? où suis-je ? où vais-je ? et d'où suis-je tiré ?
Dans quel climats nouveaux, dans quel monde ignoré
Le moment du trépas va-t-il plonger mon être ?
Où sera cet esprit qui ne peut se connaître ?
Que me préparez-vous, abîmes ténébreux ?
Allons, s'il est un Dieu, Platon doit être heureux :
Il en est un, sans doute, et je suis son ouvrage ;
Lui-même au cœur du juste il empreint son image.
Il doit venger sa cause, et punir les pervers.
Mais comment ? dans quel temps ? et dans quel univers ?
Ici la vertu pleure, et l'audace l'opprime ;
L'innocence à genoux y tend la gorge au crime ;
La fortune y domine, et tout y suit son char.
Ce globe infortuné fut formé pour César.
Hâtons-nous de sortir d'une prison funeste.
Je te verrai sans ombre, ô Vérité céleste !
Tu te caches de nous dans nos jours de sommeil ;
Cette vie est un songe, et la mort un réveil.

(VOLTAIRE.)

LES MARQUES DE L'AMOUR DE DIEU.

DANS nous l'amour de Dieu fécond en saints désirs,
N'y produit pas toujours de sensibles plaisirs.
Souvent le cœur qui l'a, ne le sait pas lui-même.
Tel craint de n'aimer pas, qui sincèrement aime :
Et tel croit au contraire être brûlant d'ardeur,
Qui n'eut jamais pour Dieu que glace et que froideur....

Voulez-vous donc savoir si la foi dans votre âme
Allume les ardeurs d'une sincère flamme ?

Consultez-vous vous-même. A ses règles soumis,
Pardonnez-vous sans peine à tous vos ennemis ?
Combattez-vous vos sens ? domptez-vous vos faiblesses ?
Dieu dans le pauvre est-il l'objet de vos largesses?
Enfin dans tous ses points pratiquez-vous sa loi?
Oui, dites-vous. Allez, vous l'aimez, croyez-moi.
Qui fait exactement ce que ma loi commande,
A pour moi, dit ce Dieu, l'amour que je demande.
Faites-le donc, et sûr qu'il veut nous sauver tous,
Ne vous alarmez point pour quelques vains dégoûts
Qu'en sa ferveur souvent la plus sainte âme éprouve :
Marchez, courez à lui. Qui le cherche, le trouve.
Et plus de votre cœur il paraît s'écarter,
Plus par vos actions songez à l'arrêter.

(BOILEAU.)

LA RÉSIGNATION.

Vous m'avez présenté la coupe d'amertume,
Et mes lèvres, Seigneur, ont bu sans murmurer.
Je viens à vos parvis gémir et soupirer;
Mon Dieu! délivrez-moi du mal qui me consume !

Le lit où je repose est baigné de mes pleurs ;
Comme l'herbe des champs ma jeunesse est fanée :
Et si j'ai vu passer une belle journée,
C'était une eau rapide entraînant quelques fleurs.

Sur cette mer du monde où le nocher s'égare,
Crédule, j'ai vogué sur la foi de l'orgueil ;
Et quand les vents poussaient mon navire à l'écueil,
Nulle main sur le bord n'a fait briller le phare.

Me voilà séparé de tout ce qui m'est cher,
Que votre volonté, mon Dieu, soit accomplie !
Ma bouche se résigne, et du calice amer
Je saurai, s'il le faut, boire jusqu'à la lie.

Oui, votre enfant, Seigneur, a besoin de prier,
Et du fond de l'abîme il vient se faire entendre.
Aux pieds de vos autels j'ai des pleurs à répandre,
Et je veux désormais vivre pour expier !

Mon cœur par ses désirs ne tient plus à la terre,
Des fragiles mortels que m'importe l'appui ?
Je viens vous demander, dans mon profond ennui,
Le pain qui fortifie et l'eau qui désaltère.

Donnez-moi chaque jour ce pain d'un pur froment,
Et faites-moi puiser aux sources que j'implore,
Comme pour étancher la soif qui le dévore,
Le passant dans sa main puise l'eau du torrent.

(De Loy.)

LE SAGE.

Ni l'or ni la grandeur ne nous rendent heureux.
Ces deux divinités n'accordent à nos vœux
Que des biens peu certains, qu'un plaisir peu tranquille.
Des soucis dévorans c'est l'éternel asile ;
Véritable vautour que le fils de Japet
Représente enchaîné sur son triste sommet.
L'humble toit est exempt d'un tribut si funeste ;
Le sage y vit en paix, et méprise le reste.
Content de ses douceurs, errant parmi les bois,
Il regarde à ses pieds les favoris des rois ;
Il lit au front de ceux qu'un vain luxe environne,

Que la fortune vend ce qu'on croit qu'elle donne.
Approche-t-il du but, quitte-t-il ce séjour,
Rien ne trouble sa fin : c'est le soir d'un beau jour.

(LA FONTAINE.)

L'AMITIÉ.

. . . . Otez l'amitié de la vie,
Ce qui reste de biens est peu digne d'envie;
On n'en jouit qu'autant qu'on peut les partager.
L'amour, ce sentiment aveugle et passager,
Est souvent un tourment, et toujours un délire :
Loin de remplir le cœur, sans cesse il le déchire.
L'amitié lui fournit tout ce qu'il a de bon ;
Pour se faire écouter il emprunte son nom.
La perte des amis est la seule réelle ;
Leur mémoire est pour nous une dette éternelle ;
Et ne croyons jamais que, pour un nœud si beau,
Il n'est plus de devoir au-delà du tombeau.
Désir de tous les cœurs, plaisir de tous les âges,
Trésor des malheureux, divinité des sages,
L'amitié vient du Ciel habiter ici-bas ;
Elle embellit la vie, et survit au trépas.

(DESMAHIS.)

LE BONHEUR.

Jadis, sur cette mer que frappe encor ma rame,
Quand le souffle de Dieu vint éveiller mon âme,
Dévoué par le sort à de longues erreurs,
Enfant, je saluais chaque plage nouvelle,
Et sur les noirs écueils que rasait ma nacelle,
Simple, je me penchais pour saisir quelques fleurs.

Combien ces doux aspects charmaient mon œil avide !
Insensé ! j'ignorais que cette onde perfide
Allait ensevelir mes rêves tour à tour ;
Et que les vains plaisirs, ces fleurs que l'homme cueille,
De son front dépouillé s'échappent feuille à feuille,
Comme ses ans flétris s'écoulent jour à jour.

Que de flots ont passé sous ma barque orageuse !
O toi que je cherchais, ombre mystérieuse,
Qu'on t'appelle bonheur, paix, science ou vertu,
Qu'on te nomme chimère, erreur, songe ou folie,
O toi, si nécessaire au repos de ma vie,
Écueil de ma raison, où donc te cachais-tu ?

C'est toi que mon regard cherchait dans l'étendue ;
A mon cœur languissant une voix inconnue
En mots mystérieux venait te révéler ;
C'est toi que poursuivait ma tristesse secrète
Dans ce monde idéal, où mon âme inquiète
Sur l'aile du désir aimait à s'envoler.

En vain, du sol natal exilé volontaire,
Sans m'arrêter jamais, j'ai parcouru la terre,
Du sud à l'aquilon j'ai porté mes douleurs ;
Plus léger que la brise au sein des fleurs errante,
Tu ne reposes point dans une âme brûlante,
Tu ne caresses point un luth mouillé de pleurs.

Hélas ! toujours jeté de mensonge en mensonges,
J'ai vu le temps jaloux emporter tous mes songes,
Le Ciel sourd à ma voix, le jour désenchanté,
Mes beaux ans disparus, ma jeunesse flétrie,
La coupe du bonheur sur mes lèvres tarie,
Et j'ai dit : Sans le Ciel tout n'est que vanité !

Seigneur, ainsi toujours changeant en deuil ma joie,
Ta main, dans les revers amassés sur ma voie,
Me montrait le néant des choses d'ici-bas :
Ainsi toujours, ainsi tu veux dans ta clémence
Que, contre le pécheur s'armant pour ta défense,
Rien ne remplisse un cœur où te règnes pas.

Ton œil m'a vu, Seigneur! dans ces jours de délire,
Esclave révolté, soustrait à ton empire,
Ma triste indépendance avait flétri mon cœur ;
Mais, depuis que ta grâce a fait tomber mes chaînes,
Mon regard s'est levé vers les célestes plaines,
Et sous ton joug aimé j'ai trouvé le bonheur.

Qu'un autre se confie en ses vaines pensées ;
Qu'un autre désireux de gloires insensées,
S'élève en soupirant au faîte des honneurs !
Qu'un autre, savourant la coupe enchanteresse
Des plaisirs mensongers offerts à sa jeunesse,
Sans songer au réveil, s'endorme sur les fleurs !

Pour moi, quand tout aspire aux vanités du monde,
Quand au seuil des palais où la fortune abonde,
Comme de vils troupeaux se pressent des mortels,
Loin d'eux, je vais m'asseoir au seuil du sanctuaire,
Comme la lampe d'or qui veille solitaire,
Qui veille dans la nuit au pied de tes autels.

Loin d'eux, je vais m'asseoir où le cœur aime encore,
Où brûle un encens pur, où celui que j'adore
En secret se révèle au cœur religieux ;
Je vais où des douleurs le souvenir s'efface,
Où le pardon du Ciel descend avec sa grâce,
Où l'homme consolé converse avec les Cieux.

C'est là que nuit et jour je ferai ma demeure :
Passant, marquez la place où le poète pleure,
Dans l'ombre, sur la pierre, aux portes du saint lieu ;
Il préfère sa paix et ses pompes touchantes
A des siècles de joie, écoulés sous les tentes,
Ecoulés sous le toit des ennemis de Dieu.

(Mme AYZAC.)

LA MORT.

MAIS c'est la mort surtout dont les touchans tableaux
Placent l'homme au-dessus de tous les animaux ;
Là, dans tout l'intérêt de sa dernière scène,
Paraît la dignité de la nature humaine.
Dans leur stupide oubli les animaux mourans
Jettent vers le passé des yeux indifférens ;
Savent-ils s'ils ont eu des enfans, des ancêtres,
S'ils laissent des regrets, s'ils sont chers à leurs maîtres ?
Gloire, amour, amitié, tout est fini pour eux :
L'homme seul, plus instruit, est aussi plus heureux.
Pour lui, loin d'une vie en orages féconde,
Quand ce tombeau finit, commence un autre monde ;
Et du tombeau, qui s'ouvre à sa fragilité,
Part le premier rayon de l'immortalité ;
Son âme se ranime, et dans sa conscience
Auprès de la vertu retrouve l'espérance.
De loin il entrevoit le séjour du repos,
De ses parens en pleurs il entend les sanglots ;
Il voit, après sa mort, leur troupe désolée,
D'un long rang de douleurs border son mausolée.
Au sortir d'une vie, où de maux et de biens

La fortune inégale a tissu ses liens,
Il reprend fil à fil cette trame si chère
Dont la mort va couper la chaîne passagère;
Le souvenir lui peint ses travaux, ses succès,
La gloire qu'il obtint, les heureux qu'il a faits.
Ainsi, sur les confins de la nuit sépulcrale;
L'affreuse mort au fond de la coupe fatale
Laisse encore pour lui quelques gouttes de miel:
Il touche encor la terre en montant vers le Ciel.
Sur sa couche de mort il vit pour sa famille,
Sent tomber sur son cœur les larmes de sa fille,
Prend son plus jeune enfant, qui, sans prévoir son sort,
Essaie encor la vie, et joue avec la mort;
Recommande à l'aîné ses domaines champêtres,
Ses travaux imparfaits, l'honneur de ses ancêtres;
Laisse à tous en mourant le faible à secourir,
L'innocent à défendre, et le pauvre à nourrir;
De ses vieux serviteurs récompense le zèle;
Jouit des pleurs touchans de l'amitié fidèle,
Reçoit son dernier vœu, lui fait son dernier don;
De ses ennemis même emporte le pardon,
Et, dans l'embrassement d'une épouse chérie,
Délie, et ne rompt pas les doux nœuds de la vie.

(DELILLE.)

LES LARMES DE LA PÉNITENCE.

GRACE, grâce, suspends l'arrêt de tes vengeances,
Et détourne un moment tes regards irrités.
J'ai péché, mais je pleure : oppose à mes offenses,
Oppose à leur grandeur celle de tes bontés.

Tu m'avais de la main conduit dès ma naissance ;
Sur ma faiblesse en vain je voudrais m'excuser :
Tu m'avais fait, Seigneur, goûter ta connaissance ;
Mais, hélas ! de tes dons je n'ai fait qu'abuser.

Ma voix sort du tombeau ; c'est du fond de l'abîme
Que j'élève vers toi mes douloureux accens :
Fais monter jusqu'au pied de ton trône sublime
Cette mourante voix et ces cris languissans.

Jamais de toi, grand Dieu, tu nous l'as dit toi-même,
Un cœur humble et contrit ne sera méprisé !
Voilà le mien : regarde, et reconnais qu'il t'aime ;
Il est digne de toi, la douleur l'a brisé.

Quand j'aurais à tes lois obéi dès l'enfance,
Criminel en naissant, je ne dois que pleurer.
Pour retourner à toi la route est la souffrance :
Loi triste, route affreuse... entrons sans murmurer.

De la main de ton fils je reçois le calice ;
Mais je frémis, je sens ma main prête à trembler.
De ce trouble honteux mon cœur est-il complice ?
Je suis le criminel ! voudrais-je reculer ?

C'est ton fils qui le tient ; que ma foi se rallume.
Il en a bu lui-même, oserai-je en douter ?
Que dis-je ? il en a bu la plus grande amertume ;
Il m'en laisse le reste, et je n'ose en goûter :

Je me jette à tes pieds, ô croix, chaire sublime,
D'où l'homme de douleurs instruit tout l'univers ;
Autel sur qui l'amour embrase la victime ;
Arbre où mon Rédempteur a suspendu mes fers.

Drapeau du souverain qui marche à notre tête ;
Tribunal de mon juge, et trône de mon roi ;
Char du triomphateur dont je suis la conquête :
Lit où j'ai pris naissance, il faut mourir sur toi.

(L. RACINE.)

ODE SUR LE TEMPS.

LE compas d'Uranie a mesuré l'espace.
O temps ! être inconnu, que l'âme seul embrasse !
Invisible torrent des siècles et des jours,
Tandis que ton pouvoir m'entraîne dans la tombe,
            J'ose, avant que j'y tombe,
M'arrêter un moment pour contempler ton cours.

Qui me dévoilera l'instant qui t'a vu naître ?
Quel œil peut remonter aux sources de ton être ?
Sans doute ton berceau touche à l'éternité.
Quand rien n'était encore enseveli dans l'ombre
            De cet abîme sombre,
Ton germe y reposait, mais sans activité.

Du chaos tout à coup les portes s'ébranlèrent,
Des soleils allumés les feux étincelèrent.
Tu naquis ; l'Éternel te prescrivit ta loi.
Il dit au mouvement : Du temps sois la mesure.
            Il dit à la nature :
Le temps sera pour vous, l'éternité pour moi.

Dieu, telle est ton essence. Oui, l'océan des âges
Roule au-dessous de toi, sur tes frêles ouvrages ;
Mais il n'approche pas de ton trône immortel.
Des millions de jours qui l'un l'autre s'effacent,

Des siècles qui s'entassent,
Sont comme le néant aux yeux de l'Éternel.

Mais moi, sur cet amas de fange et de poussière,
En vain, contre le temps, je cherche une barrière;
Son vol impétueux me presse, me poursuit :
Je n'occupe qu'un point de la vaste étendue;
        Et mon âme, éperdue,
Sous mes pas chancelans voit ce point qui s'enfuit.

De la destruction tout m'offre des images;
Mon œil épouvanté ne voit que des nuages :
Ici, de vieux tombeaux que la mousse a couverts;
Là, des murs abattus, des colonnes brisées,
        Des villes embrasées;
Partout les pas du temps empreints sur l'univers.

Cieux, terres, élémens, tout est sous sa puissance :
Mais tandis que sa main, dans la nuit du silence,
Du fragile univers sape les fondemens,
Sur des ailes de feu, loin du monde élancée,
        Mon active pensée
Plane sur les débris entassés par le temps.

Siècles qui n'êtes plus, et vous qui devez naître,
J'ose vous appeler; hâtez-vous de paraître :
Au moment où je suis venez vous réunir.
Je parcours tous les points de l'immense durée,
        D'une marche assurée;
J'entraîne le présent, je vis dans l'avenir.

Le soleil épuisé dans sa brûlante course,
De ses feux par degrés verra tarir la source;
Et des mondes vieillis les ressorts s'useront.

Ainsi que les rochers, qui, du haut des montagnes,
 Roulent dans les campagnes,
Les astres l'un sur l'autre un jour s'écrouleront.

Là, de l'éternité commencera l'empire;
Et dans cet océan, où tout va se détruire,
Le temps s'engloutira comme un faible ruisseau.
Mais mon âme immortelle, aux siècles échappée,
 Ne sera point frappée,
Et des mondes brisés foulera le tombeau.

Des vastes mers, grand Dieu, tu fixas les limites :
C'est ainsi que des temps les bornes sont prescrites.
Quel sera ce moment de l'éternelle nuit?
Toi seul tu le connais; tu lui diras d'éclore :
 Mais l'univers l'ignore;
Ce n'est qu'en périssant qu'il doit en être instruit.

Quand l'airain frémissant autour de vos demeures,
Mortels, vous avertit de la fuite des heures,
Que ce signe rapide épouvante vos sens :
A ce bruit tout à coup mon âme se réveille;
 Elle prête l'oreille,
Et croit de la mort même entendre les accens.

Trop aveugles humains, quelle erreur vous enivre?
Vous n'avez qu'un instant pour penser et pour vivre,
Et cet instant qui fuit est pour vous un fardeau!
Avare de ses biens, prodigue de son être,
 Dès qu'il peut se connaître,
L'homme appelle la mort, et creuse son tombeau.

L'un, courbé sous cent ans, est mort dès sa naissance;
L'autre engage, à prix d'or, sa vénale existence;

Celui-ci la tourmente à de pénibles jeux ;
Le riche se délivre, au prix de sa fortune,
        Du temps qui l'importune :
C'est en ne vivant pas que l'on croit vivre heureux.

Abjurez, ô mortels, cette erreur insensée !
L'homme vit par son âme, et l'âme est la pensée :
C'est elle qui pour vous doit mesurer le temps.
Cultivez la sagesse, apprenez l'art suprême
        De vivre avec soi-même ;
Vous pourrez sans effroi compter tous vos instans.

Si je devais un jour, pour de viles richesses,
Vendre ma liberté, descendre à des bassesses ;
Si mon cœur par mes sens devait être amolli ;
O temps ! je te dirais : Préviens ma dernière heure :
        Hâte-toi, que je meure ;
J'aime mieux n'être pas, que de vivre avili.

Mais si de la vertu les généreuses flammes
Peuvent de mes écrits passer dans quelques âmes ;
Si je puis d'un ami soulager les douleurs ;
S'il est des malheureux dont l'obscure innocence
        Languisse sans défense,
Et dont ma faible main doive essuyer les pleurs ;

O temps ! suspends ton vol, respecte ma jeunesse ;
Que ma mère, long-temps témoin de ma tendresse,
Reçoive mes tributs de respect et d'amour ;
Et vous, gloire, vertu, déesses immortelles,
        Que vos brillantes ailes
Sur mes cheveux blanchis se reposent un jour.

                        (THOMAS.)

PRIÈRE.

Salut, principe et fin de toi-même et du monde,
Toi qui rends d'un regard l'immensité féconde;
Ame de l'univers, Dieu, père, créateur,
Sous tous ces noms divers je crois en toi, Seigneur;
Et, sans avoir besoin d'entendre ta parole,
Je lis au fond des cieux mon glorieux symbole.
L'étendue à mes yeux révèle ta grandeur,
La terre ta bonté, les astres ta splendeur.
Tu t'es produit toi-même en ton brillant ouvrage;
L'univers tout entier réfléchit ton image,
Et mon âme à son tour réfléchit l'univers.
Ma pensée, embrassant tes attributs divers,
Partout autour de toi te découvre et t'adore,
Se contemple soi-même, et t'y découvre encore :
Ainsi l'astre du jour éclate dans les cieux,
Se réfléchit dans l'onde, et se peint à mes yeux....
. . . .
Oui, j'espère, Seigneur, en ta magnificence :
Partout à pleines mains prodiguant l'existence,
Tu n'auras pas borné le nombre de mes jours
A ces jours d'ici-bas, si troublés et si courts.
Je te vois en tous lieux conserver et produire :
Celui qui peut créer dédaigne de détruire.
Témoin de ta puissance, et sûr de ta bonté,
J'attends le jour sans fin de l'immortalité.
La mort m'entoure en vain de ses ombres funèbres,
Ma raison voit le jour à travers ces ténèbres;
C'est le dernier degré qui m'approche de toi,

C'est le voile qui tombe entre ta face et moi.
Hâte pour moi, Seigneur, ce moment que j'implore;
Ou, si dans tes secrets tu le retiens encore,
Entends du haut du Ciel le cri de mes besoins :
L'atome et l'univers sont l'objet de tes soins ;
Des dons de ta bonté soutiens mon indigence,
Nourris mon cœur de pain, mon âme d'espérance :
Réchauffe d'un regard de tes yeux tout-puissans
Mon esprit éclipsé par l'ombre de mes sens;
Et, comme le soleil aspire la rosée,
Dans ton sein à jamais absorbe ma pensée.

(LAMARTINE.)

LA PRIÈRE DU SOIR

DANS UNE ÉGLISE DE CAMPAGNE.

Qu'IL est doux, quand du soir l'étoile solitaire,
Précédant de la nuit le char silencieux,
S'élève lentement dans la voûte des cieux,
Et que l'ombre et le jour se disputent la terre;
Qu'il est doux de porter ses pas religieux
Dans le fond du vallon, vers ce temple rustique
Dont la mousse a couvert le modeste portique,
Mais où le Ciel encor parle à des cœurs pieux !
Salut, bois consacré! Salut, champ funéraire,
Des tombeaux du village humble dépositaire!
Je bénis en passant tes simples monumens.
Malheur à qui des morts profane la poussière !
J'ai fléchi le genou devant leur humble pierre,
Et la nef a reçu mes pas retentissans.
Quelle nuit ! quel silence ! au fond du sanctuaire

A peine on aperçoit la tremblante lumière
De la lampe qui brûle auprès des saints autels.
Seule elle luit encor, quand l'univers sommeille :
Emblème consolant de la bonté qui veille
Pour recueillir ici les soupirs des mortels.

(LAMARTINE.)

PRIÈRE DES NAVIGATEURS.

CEPENDANT le soleil sur les ondes calmées,
Touche de l'horizon les bornes enflammées :
Son disque étincelant, qui semble s'arrêter,
Revêt de pourpre et d'or les flots qu'il va quitter ;
Il s'éloigne, et Vesper, commençant sa carrière,
Mêle au jour qui s'éteint sa timide lumière.
J'entends l'airain pieux, dont les sons éclatans
Appellent la prière et divisent le temps.
Pour la seconde fois le nautonier fidèle,
Adorant à genoux la Puissance éternelle,
Dès que l'astre du soir a brillé dans les airs,
Adresse l'hymne sainte au Dieu de l'univers ;
A l'Etre universel, impénétrable, immense,
Qui, sur l'azur des flots, dans leur vaste silence,
A la foi des humains qui lui portent leurs vœux,
Apparaît plus terrible et plus majestueux.
Entre l'homme et le ciel, sur des mers sans rivages,
Un prêtre en cheveux blancs conjure les orages ;
Son zèle des nochers adoucit les travaux,
Epure leur hommage, et console leurs maux.
Dieu créateur, dit-il, toi dont les mains fécondes,
Dans les champs de l'espace ont suspendu les mondes ;

Dieu des vents et des mers, dont l'œil conservateur,
De l'Océan qui gronde arrête la fureur,
Et d'un regard chargé de tes ordres sublimes
Suit un frêle vaisseau flottant sur les abîmes!
Que peuvent devant toi nos travaux incertains?
Dieu! que sont les mortels sous tes puissantes mains?
Hélas! de tous nos arts la fragile science,
Le courage affermi, la froide expérience,
N'ont pas d'un fol orgueil séduit notre raison;
Nos modestes succès rendent gloire à ton nom;
Par des vœux plus pressans nos alarmes t'implorent.
Bénis, Dieu paternel, tes enfans qui t'adorent;
Rends-les à leur patrie, à ton culte, à ta loi:
La force et la vertu ne viennent que de toi.
Daigne remplir nos cœurs; éloigne la tempête;
Que le sombre ouragan se dissipe et s'arrête
Devant ces pavillons qui te sont consacrés;
Et qu'un jour nos drapeaux, par toi-même illustrés,
Aux doutes de l'orgueil opposant nos exemples,
Appellent le respect et la foi dans tes temples.
Il dit, et prie encor: ses chants consolateurs
D'espérance et d'amour pénètrent tous les cœurs.
O spectacle touchant! ravissantes images!
Tandis que, l'œil fixé sur un ciel sans nuages,
Du prêtre dont la voix semble enchaîner les vents,
Les nautoniers émus répètent les accens.
Le couchant a brillé d'une clarté plus pure;
L'Océan de ses flots apaise le murmure;
Et seule, interrompant ce calme solennel,
La prière s'élève aux pieds de l'Eternel.

                                        (ESMÉNARD.)

LA PRIÈRE POUR TOUS.

Ma fille! va prier. Vois, la nuit est venue.
Une planète d'or là-bas perce la nue ,
La brume des coteaux fait trembler le contour ;
A peine un char lointain glisse dans l'ombre.... Ecoute !
Tout rentre et se repose ; et l'arbre de la route
Secoue au vent du soir la poussière du jour !

Le jour est pour le mal, la fatigue et la haine.
Prions : voici la nuit ! la nuit grave et sereine.
Le vieux pâtre , le vent aux brèches de la tour,
Les étangs, les troupeaux , avec leur voix cassée ,
Tout souffre et tout se plaint. La nature lassée
A besoin de sommeil, de prière et d'amour !

C'est l'heure où les enfans parlent avec les anges.
Tandis que nous courons à nos plaisirs étranges ,
Tous les petits enfans, les yeux levés au ciel,
Mains jointes et pieds nus , à genoux sur la pierre ;
Disant à la même heure une même prière,
Demandent pour nous grâce au Père universel !

Et puis ils dormiront. Alors, épars dans l'ombre,
Les rêves d'or, essaim tumultueux, sans nombre,
Qui naît aux derniers bruits du jour à son déclin,
Voyant de loin leur souffle et leurs bouches vermeilles,
Comme volent aux fleurs de joyeuses abeilles,
Viendront s'abattre en foule à leurs rideaux de lin.

O sommeil du berceau ! prière de l'enfance !
Voix qui toujours caresse et qui jamais n'offense !

20.

Douce religion, qui s'égaie et qui rit !
Prélude du concert de la nuit solennelle !
Ainsi que l'oiseau met sa tête sous son aile,
L'enfant dans sa prière endort son jeune esprit !

Ma fille, va prier ! d'abord, surtout, pour celle
Qui berça tant de nuits ta couche qui chancelle,
Pour celle qui te prit, jeune âme, dans le Ciel,
Et qui te mit au monde, et depuis, tendre mère,
Faisant pour toi deux parts dans cette vie amère,
Toujours a bu l'absinthe et t'a laissé le miel !

Puis ensuite pour moi ! j'en ai plus besoin qu'elle ;
Elle est, ainsi que toi, bonne, simple et fidèle !
Elle a le cœur limpide et le front satisfait.
Beaucoup ont sa pitié ; nul ne lui fait envie ;
Sage et douce, elle prend patiemment la vie ;
Elle souffre le mal sans savoir qui le fait.

Va donc prier pour moi ! dis pour toute prière :
Seigneur, Seigneur mon Dieu ! vous êtes notre père,
Grâce, vous êtes bon ! grâce, vous êtes grand !
Laisse aller ta parole où ton âme l'envoie,
Ne t'inquiète pas, toute chose a sa voie,
Ne t'inquiète pas du chemin qu'elle prend.

Il n'est rien ici-bas qui ne trouve sa pente.
Le fleuve jusqu'aux mers dans les plaines serpente ;
L'abeille sait la fleur qui recèle le miel.
Toute aile vers son but incessamment retombe :
L'aigle vole au soleil, le vautour à la tombe,
L'hirondelle au printemps, et la prière au Ciel !

Lorsque pour moi, vers Dieu, ta voix s'est envolée,
Je suis comme l'esclave assis dans la vallée,
Qui dépose sa charge aux bornes du chemin :
Je me sens plus léger ; car ce fardeau de peine,
De fautes et d'erreurs qu'en gémissant je traîne,
Ta prière en chantant l'emporte dans sa main.

Va prier pour son père ! afin que je sois digne
De voir passer en rêve un ange au vol de cygne,
Pour que mon âme brûle avec les encensoirs !
Efface mes péchés sous ton souffle candide,
Afin que mon cœur soit innocent et splendide
Comme un pavé d'autel qu'on lave tous les soirs.

Prie encor pour tous ceux qui passent
Sur cette terre de vivans !
Pour ceux dont les sentiers s'effacent
A tous les flots, à tous les vents !
Pour l'insensé qui met sa joie
Dans l'éclat d'un manteau de soie,
Dans la vitesse d'un cheval !
Pour quiconque souffre et travaille,
Qu'il s'en revienne et qu'il s'en aille,
Qu'il fasse le bien ou le mal.

Pour celui que le plaisir souille
D'embrassemens jusqu'au matin,
Qui prend l'heure où l'on s'agenouille
Pour sa danse et pour son festin,
Qui fait hurler l'orgie infâme
Au même instant du soir où l'âme
Répète son hymne assidu,

Et quand la prière est éteinte,
Poursuit, comme s'il avait crainte
Que Dieu ne l'ait pas entendu !

Enfin ! pour les vierges voilées,
Pour le prisonnier dans sa tour,
Pour les femmes échevelées
Qui vendent le doux nom d'amour ,
Pour l'esprit qui rêve et médite,
Pour l'impie à la voix maudite
Qui blasphème la sainte loi ;
Car la prière est infinie,
Car tu crois pour celui qui nie,
Car l'enfance tient lieu de foi !

Prie aussi pour ceux que recouvre
La pierre du tombeau dormant,
Noir précipice qui s'entr'ouvre
Sous notre foule à tout moment!
Toutes ces âmes en disgrâce
Ont besoin qu'on les débarrasse
De la vieille rouille du corps.
Souffrent-elles moins pour se taire ?
Enfin ! regardons sous la terre,
Il faut avoir pitié des morts.

A genoux, à genoux, à genoux, sur la terre
Où ton père a son père, où ta mère a sa mère ,
Où tout ce qui vécut dort d'un sommeil profond!
Abîme où la poussière est mêlée aux poussières,
Où sous son père encore on retrouve des pères,
Comme l'onde sous l'onde en une mer sans fond.

Enfant, quand tu t'endors, tu ris ! l'essaim des songes,
Tourbillonne, joyeux, dans l'ombre où tu te plonges,
S'effarouche à ton souffle, est puis revient encor ;
Et tu rouvres enfin tes yeux divins que j'aime,
En même temps que l'aube, œil céleste elle--même,
Entr'ouvre à l'horizon sa paupière aux cils d'or !

Mais eux, si tu savais de quel sommeil ils dorment !
Leurs lits sont froids et lourds à leurs os qu'ils déforment.
Les anges autour d'eux ne chantent pas en chœur ;
De tout ce qu'ils ont fait le rêve les accable ;
Pas d'aube pour leur nuit ; le remords implacable
S'est fait ver du sépulcre et leur ronge le cœur.

Oh ! dis-moi, quand tu vas, jeune et déjà pensive,
Errer au bord d'un flot qui se plaint sur sa rive
Sous des arbres dont l'ombre emplit l'âme d'effroi,
Parfois dans les soupirs de l'onde et de la brise,
N'entends-tu pas de souffle et de voix qui te dise :
Enfant, quand vous prîrez, prîrez-vous pas pour moi ?

C'est la plainte des morts. Les morts pour qui l'on prie,
Ont sur leur lit de terre une herbe plus fleurie,
Ils entendent du Ciel le cantique lointain ;
Ceux qu'on oublie, hélas ! leur nuit est plus épaisse,
Un ver dans leur cercueil les dévore sans cesse,
Et l'orfraie à côté fait l'hymne du festin.

Prie, afin que le père, et l'oncle et les aïeules,
Qui ne demandent plus que nos prières seules,
Tressaillent dans leur tombe en s'entendant nommer,
Sachent que sur la terre on se souvient encore,

Et comme le sillon qui sent la fleur éclore,
Sentent dans leur œil vide une larme germer.

Comme une aumône, enfant, donne donc ta prière
A ton père, à ta mère, aux pères de ton père ;
Donne au riche à qui Dieu refuse le bonheur,
Donne au pauvre, à la veuve, au crime, au vice immonde ;
Fais, en priant, le tour des misères du monde ;
Donne à tous, donne aux morts; enfin, donne au Seigneur.

Quoi ! murmure ta voix qui veut parler et n'ose,
Au Seigneur, au Très-Haut manque-t-il quelque chose ?
Il est le Saint des saints, il est le Roi des rois ;
Il se fait des soleils un cortége suprême !
Il fait baisser la voix à l'Océan lui-même !
Il est seul, il est tout, à jamais, à la fois !

Enfant, quand tout le jour vous avez en famille,
Tes deux frères et toi, joué sous la charmille,
Le soir, vous êtes las, vos membres sont pliés ;
Il vous faut un lait pur et quelques noix frugales ;
Et baisant tour à tour vos têtes inégales,
Votre mère, à genoux, lave vos faibles pieds.

Eh bien ! il est quelqu'un dans ce monde où nous sommes,
Qui tout le jour aussi marche parmi les hommes,
Servant et consolant, à toute heure, en tout lieu,
Un bon pasteur qui suit sa brebis égarée,
Un pèlerin qui va de contrée en contrée :
Ce passant, ce pasteur, ce pèlerin, c'est Dieu !

Le soir, il est bien las; il faut, pour qu'il sourie,
Une âme qui le serve, un enfant qui le prie,

Un peu d'amour ! O toi qui ne sait pas tromper,
Porte-lui ton cœur plein d'innocence et d'extase,
Tremblante et l'œil baissé, comme un précieux vase
Dont on craint de laisser une goutte échapper.

Porte-lui ta prière ! et quand, à quelque flamme
Qui d'une chaleur douce emplira ta jeune âme,
Tu verras qu'il est proche, alors, ô mon bonheur !
O mon enfant ! sans craindre affront ni raillerie,
Verse, comme autrefois Marthe, sœur de Marie,
Verse tout ton parfum sur les pieds du Seigneur.

Quand elle prie, un ange est debout auprès d'elle,
Caressant ses cheveux des plumes de son aile,
En essuyant les pleurs dont son œil est terni,
Venu pour l'écouter sans que l'enfant l'appelle,
Esprit qui tient le livre où l'innocente épelle
Et qui pour remonter attend qu'elle ait fini.

Enfant ! dans ce concert, qui d'en-bas le salue,
La voix par Dieu lui-même entre toutes élue,
C'est la tienne, ô ma fille ! elle a tant de douceur,
Sur ses ailes de flamme elle monte si pure,
Elle expire si bien en amoureux murmure,
Que les vierges du Ciel disent : C'est une sœur !

(Victor Hugo.)

LE JOUR DES MORTS.

Entendez-vous ces sons mornes et répétés,
Retentissant autour de nos toits attristés ?
De cent cloches dans l'air le timbre monotone,

Qui si lugubrement sur nos têtes résonne,
Avertit les mortels rappelés à leur fin,
D'implorer pour les morts un tranquille destin,
D'apprécier la vie ouverte à tant de peines,
De ne point consumer en mutuelles haines
Ce fragile tissu de momens limités,
Qu'aux humains fugitifs la nature a comptés.

Quels enclos sont ouverts! quelles étroites places
Occupe entre ces murs la poussière des races!
C'est dans ces lieux d'oubli, c'est parmi ces tombeaux
Que le Temps et la Mort viennent croiser leur faux.
Que de morts entassés et pressés sous la terre!
Le monde ici n'est rien, la foule est solitaire.
Qui peut voir sans effroi ces couches d'ossemens,
Tous ces débris de l'homme abandonnés aux vents?
Ah! si du sort commun que ce lieu nous retrace,
Le spectacle fatal nous saisit et nous glace,
Qu'un retour plus cruel sur les pertes du cœur
Eveille en nous de peine et répand de douleur!
L'époux pleure à genoux un objet plein de charmes;
Sur un frère chéri la sœur verse des larmes;
La mère pleure un fils frappé dans son printemps,
Et sur qui reposait l'espoir de ses vieux ans.
Pour vous qui les versez, ces pleurs sont chers encore,
De vos gémissemens l'humanité s'honore;
Mais ceux que vous pleurez ont subi leur arrêt,
Leur sort fut de mourir, et le jour n'est qu'un prêt.

Qu'est-ce que chaque race? une ombre après une ombre;
Nous vivons un moment sur des siècles sans nombre,
Nos tristes souvenirs vont s'éteindre avec nous :

Une autre vie, ô temps! se dérobe à tes coups.
Mortel, jusques aux Cieux élève ta prière ;
Demande au Tout-Puissant, non pas que la poussière
Qu'on jette sur ces morts soit légère à leur os :
Ce n'est point là que l'homme a besoin de repos ;
Et l'âme qui du corps a déployé l'argile,
Cherche au sein de Dieu même un éternel asile.

(LEMIERRE.)

LES TOMBEAUX DE SAINT-DENIS.

Des barbares jadis l'instinct religieux
Respecta dans ces rois les images des dieux ;
Et vous exterminez leur auguste poussière
Qu'avait su conserver la mort hospitalière !
Du roi le plus pieux, d'un des plus saints mortels,
Vos sacriléges mains renversent les autels !
Accordez-lui du moins un asile à Vincenne
Un tombeau de gazon sous cet auguste chêne
Où sa voix équitable, en jugeant nos aïeux,
Semblaient leur annoncer la volonté des Cieux.
Et Charles cinq, formé sur cet illustre exemple,
A-t-il perdu le droit d'habiter dans ce temple?
Vont-ils des potentats partager le destin,
Ce sage et ce guerrier, Suger et Duguesclin ;
Suger, enfant du cloître, et qui, né sans ancêtres,
Sut gouverner en père et la France et ses maîtres ;
Et ce bon Duguesclin, dont la victoire en deuil
Sous les murs de Randon couronna le cercueil.
Magnanime Louis! ta tombe et tes images
Périssent; mais, vainqueur de ces lâches outrages,

Ton siècle, qui te doit toute sa majesté,
Te couvre des rayons de l'immortalité :
Siècle encor sans rival, rempli de ton histoire,
Héritier de ton nom, et chargé de ta gloire.
Ah ! parmi tant d'objets de respect et d'amour,
Quand chacun dans mon âme éveillait tour à tour
Les brillans souvenirs, et les tristes pensées
Qu'inspire le destin des grandeurs terrassées,
Que devins-je à l'aspect du roi le plus chéri ?
Il semblait respirer : est-ce toi, bon Henri ?...
Du poignard sur ton sein je reconnais la marque...
C'est toi-même, et je crois, ô généreux monarque !
Entendre ces accens échapper de ton cœur :
Ah ! si l'un de mes fils, des factions vainqueur,
Et ministre du Ciel devenu plus propice,
Ramène dans l'état la paix et la justice,
S'il relève jamais mon trône renversé,
D'un généreux oubli couvrant tout le passé,
Puisse-t-il comme nous, ami de la clémence,
Pardonner en pleurant ces crimes à la France !

(TRÉNEUIL.)

LA SEMAINE SAINTE.

MAIS l'astre de la nuit vient de luire à ma vue,
Son globe, ami de l'œil, s'arrondit dans la nue ;
Ce signal fut aux Juifs donné du haut du Ciel,
Pour célébrer debout un repas solennel ;
Il fixe le retour de nos fêtes austères,
De ces jours de tristesse et d'augustes mystères,
Où la religion, le plus saint des liens,

De l'état loi première, assemble les chrétiens.
Le Christ, l'amour du Juif, et depuis sa victime,
En triomphe reçu dans les murs de Solime,
Jadis devant ses pas vit couvrir les chemins
De palmes, de tapis étendus par leurs mains.
De son triomphe encor pour retracer l'image,
Nous rapportons du temple un semblable feuillage;
Mais sa mort à la pompe est jointe de trop près,
Ces palmes dans nos mains sont déjà des cyprès.
Tout va se conformer, en ces tristes journées,
Au profond sentiment des âmes consternées;
Et du moins dans nos murs, hors même du saint lieu,
Tout ne nous entretient que de la mort d'un Dieu;
Nos tribunaux fermés, nos théâtres dans l'ombre,
Les jeûnes redoublés, les prières sans nombre,
Le deuil du sanctuaire et des vêtemens saints,
Et les autels voilés, et les flambeaux éteints,
Les lamentables chants et les pieux exemples,
Et les tubes muets de l'instrument des temples,
Le silence des airs où n'est plus entendu
Le battant balancé de l'airain suspendu,
Le Dieu de nos autels qui lui-même s'exile,
Et qui s'ensevelit sous un obscur asile,
Le tabernacle ouvert et comme abandonné,
Le peuple épars au temple, et le front prosterné.

Le culte de ces jours commande au diadème:
Le roi descend du trône, et s'oubliant lui-même,
Du Christ il suit toujours, il accomplit les lois,
Pour nous montrer, grand Dieu! que, souverain des rois,
Tu vois tous les humains à la même distance;

Il s'entoure d'enfans d'une obscure naissance,
De ses mains il épanche une urne sur leurs piés,
Par l'héritier du trône humblement essuyés,
Présage qu'aux bienfaits devant trouver des charmes,
De ses peuples un jour il essuiera les larmes.

Mais le Christ expirant ébranle de sa croix
Les divers élémens consternés à la fois ;
Du temple tout à coup le voile se déchire,
De la voûte des cieux le soleil se retire ;
Les morts de toutes parts échappés des tombeaux,
Errent enveloppés de funèbres lambeaux ;
La terre où la terreur et la nuit se répandent,
Tremble en ses profondeurs, et les rochers se fendent ;
La nature languit sous un poids de douleur,
Et des Cieux aux enfers atteste son auteur.
Dieu, rien ne le contient, mais lui seul il embrasse
Dans son immensité les mondes et l'espace ;
Homme, un tombeau l'enferme : une garde est autour,
Mais lui-même à la vie a prédit son retour :
Mais il a sur la mort annoncé sa victoire,
Base de notre culte ainsi que de sa gloire.
O prodige inouï réservé pour lui seul !
Dans l'ombre du trépas il s'arrache au linceul !
Sous les yeux du soldat renversé sur la terre,
De la tombe qu'il s'ouvre il écarte la pierre,
Il sort en secouant la poudre des tombeaux :
La mort dans son effroi laisse échapper sa faux,
Il triomphe, et ce jour, témoin de notre attente,
Des fêtes des chrétiens est la plus éclatante.
Pour signaler l'instant d'un triomphe si beau,

On bénit l'eau nouvelle, ainsi qu'un feu nouveau :
Le temple où l'on traînait l'accent de la tristesse,
Ne va plus retentir que de chants d'allégresse ;
La pompe reparaît aux autels découverts,
L'airain reprend ses sons et l'orgue ses concerts.
La joie est dans le temple, elle est dans nos demeures,
Et le jeûne a cessé de ralentir les heures ;
Le soleil, suspendu des mains de son auteur,
Va parcourir le cercle où l'attend l'équateur,
Ouvrir une autre scène et des fêtes nouvelles,
Moins austères pour nous et non moins solennelles.
Déjà le laboureur s'applaudit en voyant
De la terre avec l'air l'accord vivifiant ;
Elle va déployer sur ces plaines immenses,
Les biens dont elle enferme et nourrit les semences ;
Déjà de plus beaux jours sur nos têtes ont lui ;
Tout change : un Dieu renaît, la nature avec lui.

(LEMIERRE.)

EPITAPHE.

Jeune ou vieux, imprudent ou sage,
Toi qui, de cieux en cieux errant comme un nuage,
Suis l'appel d'un plaisir ou l'instinct d'un besoin,
Voyageur, où vas-tu si loin ?
N'est-ce donc pas ici le but de ton voyage ?

Passant, comme toi j'ai passé.
Le fleuve est revenu se perdre dans sa source.
Fais silence : assieds-toi sur ce marbre brisé.
Pose un instant le poids qui fatigue ta course :
J'eus de même un fardeau qu'ici j'ai déposé.

21.

Si tu veux du repos, si tu cherches de l'ombre,
Ta couche est prête : accours ! loin du bruit on y dort.
Si ton fragile esquif lutte sur la mer sombre,
Viens ; c'est ici l'écueil ; et c'est ici le port !

Ne sens-tu rien ici dont tressaille ton âme ?
Rien qui borne tes pas d'un cercle impérieux ?
    Sur l'asile qui te réclame,
Ne lis-tu pas ton nom en mots mystérieux ?

Ephémère histrion qui sait son rôle à peine,
Chaque homme, ivre d'audace ou palpitant d'effroi,
Sous le sayon du pâtre ou la robe du roi,
Vient passer à son tour son heure sur la scène.

Ne foule pas les morts d'un œil indifférent ;
Comme moi, dans leur ville il te faudra descendre :
L'homme de jour en jour s'en va pâle et mourant,
Et tu ne sais quel vent doit emporter ta cendre.

Mais devant moi ton cœur à peine est agité !
Quoi donc ! pas un soupir ! pas même une prière !
Tout ton néant te parle, et n'est point écouté !

Tu passes. — En effet, qu'importe cette pierre ?
Que peut cacher la tombe à ton œil attristé ?
Quelques os desséchés, un reste de poussière,
    Rien peut-être. — Eh ! l'éternité !

                  (V. HUGO.)

FIN.

TABLE.

FIN DE LA TABLE.

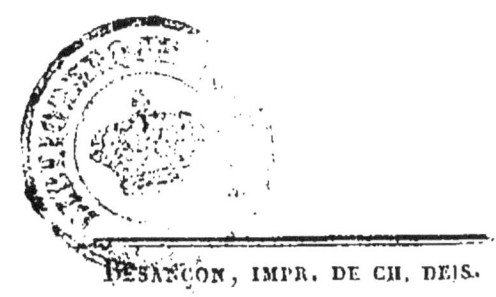

BESANÇON, IMPR. DE CH. DEIS.

www.ingramcontent.com/pod-product-compliance
Lightning Source LLC
Chambersburg PA
CBHW070517030726
47503CB00004B/1293